송가인의

희
망

송가인 지음

송가인의

희망

나에게 행복이 뭐냐고 물으신다면

외줄 타기 서울 쥐가 죽지 않고
용케 살아온 처절한 흔적
세찬 물결이 만들어 낸
강건이었어

바른북스

머리말

자전적인 내용이 많으나 모두 나의 이야기는 아닙니다.

크게 이론적 지식 없이 느낌이 오면 형식의 구애를 받지 아니하고
글로 표현하는 생활시이다 보니 때론 격이 맞지 않은 것이 많으나
그 또한 한때의 시상(詩想)이라 편집 없이 올렸습니다.

평생을 '나는 잘될 거야'라는 희망 하나로 살아오면서 수없는 폭풍
과 높은 산을 넘어왔고, 60이 넘은 지금도 숨을 헐떡이며 꿈을 향해 전
진하고 있습니다.
서슬 퍼런 작두날 위에서 서울 쥐가 죽지 않으려고 토해낸 자정제
같은 이야기이라 때론 부끄러운 것도, 웃기는 것도, 이해 못 할 것도
많으니 이해 부탁드립니다.

은퇴를 준비하고 있습니다.
성격상 은퇴를 하더라도 가만히 놀고먹지는 않겠지만
현업의 비중을 차츰차츰 줄이고 신앙생활과 집안 문중 일에 헌신을
하려 합니다.

예수쟁이 종손이 나의 숙명입니다.
예수쟁이가 되었기에 그나마 나쁜 놈이 되지 않고 보통으로 살고
있고
문중 일은 걸음마보다 먼저 배운 절과 아버님 따라 문중 행사 다니

면서 들었던 말씀이 각인되어 사라지지 않아 성인이 된 후, 내 발로 내가 문중을 찾아 들어갔습니다.

하나님도 조상님도 나의 판단을 존중한다는 확신을 받았습니다^^.

종부님에게 감사를 표하고 섭. 원. 민에게도 사랑을 전합니다.

아-- 그리고
송가인은 가수 송가인이 태어나기 전부터 내가 사용한 필명입니다.

가수 송가인 송가가 아닙니다.

목차

제1부

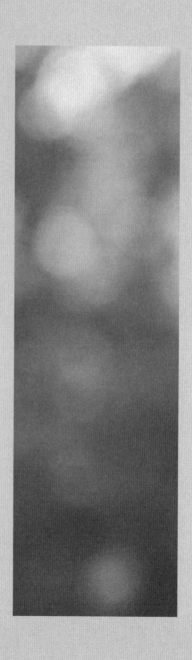

강돌

내 인생에서 편한 날
며칠 있었나

세찬 급류에
구르고 굴리
깨어지고
모가 닳아

이젠 물살도 비껴가는
둥근 돌 되어

굴러왔던 발자국
강물보다 많았던 눈물
그 버팀의 자존감

나의 강돌
무거운 엄청 무거운

효자손

네가 최고다

내 마음
내 가려운 데
정확히 짚어
긁어주는 네가
마누라 아들딸들보다 나아

내 재산
너에게 상속하노니
오늘부터 너는
평생 내 옆에 있어라

찌짐

한쪽만 불이 가면
편향되어
타버려

평평하게
골고루
잘

그리고
뒤집혀야 되는 이치

그게
어려운 게
인생

울림통

비워야만 나는 소리
나의 악기는 비어있는가?

소리를 내고 싶으나
꽉 찬 울림통

비우지 못한 나의 욕심

만족

밥은
3,500원짜리 시래기 국밥 먹고
커피는
5,000원짜리 아메리카노를 먹는다

밥은 배가 부르고
커피는 영혼이 부르다

꺼억

달팽이

내 어깨에
날개가 달린다면

내 다리에
바퀴가 생긴다면

너희들은 나를
뭐라 부를래?

술빵

서리 같은 김이
통곡을 한다

가슴 콕콕 저며 박은
앙대콩 하나

성형하듯 틀에 박힌
가마솥 안의 나

뜨거움이 사라질 즈음
달려들겠지

없어지겠지

밤송이

자꾸
벌어지고

뭐가
나오려고 해서

힘을
꽉 주고 버티어 보나

아뿔싸
나도 모르게 후드득

속이 텅 빈 게
시원하기도 하고
섭섭하기도 하고

고백

한 번도 해본 적 없고
한 번도 받아본 적도 없다

그럼 어떻게 수많은 여자를 사귀고
결혼도 했을까?

간단하다

사귀는 건
오빠 못 믿나?

결혼은
내 아를 낳아도

끝

로스트 볼

난들 똑바로 가고 싶지 않았겠냐
어찌하다 보니
의지와 무관하게
오비가 되어
잃어버린 공으로
어느 덤불 사이 버려져 있지만
한때의 찬란한 꿈도 기억하고
아직 심장이 식지 않았음을

때를 기다린다
조금 바래졌어도
조금 때 묻었어도
누군가가 나를 알아봤을 때
픽업하여 티박스 올려졌을 때

힘차게 비상할 것이다
그린에 잘 안착하여
또르륵 굴러
홀인원 할 것이다

로스트는 한 번이면 족해

낙장불입

한번 꺼냈으면 그만
무얼 후회하나

세상의 진실에 깊숙이 들어간 곳
빼꾸 없는 인생

비록 그게 어리석어 허황될지언정
던졌으면 그만
책임질 수 있는 용기
한번 던진 결정에 후회하지 않는다

확신한 판단을 가미한
정확한 심사숙고

또 아니면 모

먼지

나는 원래 먼지였다
어찌하다 보니

쌓이고 뭉쳐
실핏줄이 돋아나
형체가 생겼으나

곧
부스러져
원래대로 될 것이다

종착역 대합실
잠시 쉬었다가

막차 타고 떠나는
그 속에
바람처럼 머물다가

아무 일 없듯
난로 속 톱밥
한때 뜨거웠던 시간

즐거웠던 기억은
추억처럼 식어
부스러져
떠나갈 것이다

다시
먼지가 되어

인생

한 바가지 물이 내 인생이라면
현재 얼마 정도 남아있을까?

터져서 막고
깨어져서 때우고

새는 바가지 물 막으며
각혈하듯 울었던 시절

누수 많은 삶이었어
얼마 남아있는지 궁금해

살며시 바가지에 손 넣어
나름 수심 체크해 보나

모르겠어
파악이 잘 안 돼

불안
불안만 더해져

살며시 귀 대어

흔들어 본다

얼마 정도 남았을까?

인생 2

뜨개질하다
한 코가 빠졌다
끝마무리에서 빠진 것 발견했다

풀고 새로이 가야 되나
무시하고 마무리 지어야 되나

참 어렵다
인생

소나기

언제부터인지
내 가슴에 먹구름 하나
잔뜩 내려앉아
숨 쉴 곳 두지 않더니

드디어 오늘 쏟아버렸네
물 양동이 퍼붓듯
시원하게 소낙비 내리네

차면
만땅이면
쏟는 거야

언제까지 가져갈 수 없잖아
내 가슴 먹구름

핸디캡 이론

생존의 위협이 있다 해서
나의 행위를 멈출 수 없다

과시한다 해서
정직하지 않음이 아닌 것

간절함의 행위

사자 앞에서의 가젤 뒷발
머리에 붙이고 다니기가 무거운 사슴의 뿔
극락조의 화려한 깃털
백수가 여친에게 선물한 샤넬 가방

우월성을 위한 위험 감수
진화의 행위
과시가 유전자를 퍼트리는 것

평범함은 도태의 지름길
패러독스의 세상

허들

오늘도 허들 하나 뛰어넘었다
전속력으로 뛰며 힘차게 날았다
살아오면서 가로막힌 장애물
스스로 만든 벽

피하지 아니하고
도망치지도
절망하지도 아니하고 뛰어넘었다

때론 지혜롭게
때론 무대뽀로

사는 게 그런 거다
맨날천날 가로막히는 허들
그걸 넘어가는 게 인생인 거다

잔잔한 파도

오늘 날씨 풍랑 주의보
매사 조심

그러나 나의 배는
이 날씨에는 끄떡없음
톤수도 크고
잠수함 기능까지 있어
절대 가라앉지 않아

이런 풍랑은 나에게는
잔잔한 바다야
살살 부는 미풍이야

살아오면서 겪어왔던
그리고 이겨낸
수많은 파도에 비하면
아무것도 아니야

가벼운 마음으로 출항을 해

항시 나는
이 풍랑으로 인해
더 빨리 가

담쟁이(희망)

엄두조차 나지 않는 가로막힌 벽에
담쟁이를 심었습니다
거름 가득 물 듬뻑

이제부터는 시간과의 싸움입니다
처절한 노력에
떨어지지 않고 벽에 꽉 붙어 기어오릅니다
수시로 찾아오는
좌절과 절망은 나의 동력입니다

참고 견디다 보면
이쑤시개 담쟁이가 굵고 튼튼하게 변해
왕성하게 벽 타고 넘어갈 것입니다

희망이란 숙성입니다
오래오래 참는 것입니다
끈을 놓지 않고 매달리다 보면
저절로 되는 것입니다

버쩍 마른 벽 타고 넘을 수 있는 게
담쟁이입니다

너였구나

며칠 밤잠 못 들게 하고
게보린으로 해결 안 될 두통의 원인이
너였구나

사는 게 고통이고
죽음보다 더한 게 사는 거라
웬만한 건 내성이 생겨
집채만 한 파도 정도는 그냥 타고 넘어가는데

뺄 수도 꼼짝할 수도 없는 아가리에
용꼬로 걸린 낚싯바늘
퇴로가 없이 갇힌 아다리
그게 너였구나

그러나 이겨낼 거야
견뎌낼 거야

낚싯바늘 물은 채 견디고 견디다 보면
무슨 수가 생길 거야

해결 안 되는 것은 던져두면
저절로 벌어지고 곰삭아지지

세월이 해결해 줄 거야

이런 걸로 인해 항시 내 배는 빨리 가고
더 단단해지게 만드는 게

나의 고통
바로 너였구나

태수형

나는 태수형이라 알아들었다
그걸 저녁 밥상에서 이야기했더니
마누라는 수준이 낮은 인간이라 하고
딸은 시대에 맞지 않은 꼰대라 한다

처음 듣는 노랫가락에
나의 입장에서는 테스형보다는
태수형이 익숙해

태수형 별명이 소크라태수일 수도 있고 해서
그렇게 이해했다고
졸지에 수준이 낮은 꼰대가 되어버려
저거들은 어쩌다가 한바탕
턱 빠지게 웃을 줄 모르나

내 자신조차 누군지 잘 모르는
세상이 힘든 나는
들국화조차도 아파
죽어도 오고 마는 또 내일이 두려워

테스를 태수라 알아들은 나의 원죄에
눈물 많은 나는

퇴근길 포장마차 두부김치 소주 두 병
가슴에 담고 울부짖는다

태수형
아프다 세상이

태수형
소크라태수형
세상이 왜 이래

나훈아와 나(지나 내나)

감히 어디에다가 비교하겠느냐마는
술 한잔 먹은 김에 비교해 보니
지나 내나 별거 아닌 게
사이즈는 다르지만 서서 누는 것은 똑같고
영영 노래방 점수 나는 100점 나오는데
지는 나올랑가 몰라

한때는 지나 내나 난봉꾼 소리 들어
지는 김지미
내 별명은 의자왕

나이 먹고 몸 관리 못 하니
디록디록 찐 살은 지나 내나 추해
18세 순이는 어디로 가버리고
추억은 갈무리되지 않아

나는 비록 초라하여도
가정이라는 큰 울타리에서
연습 없는 현실에 사랑하는 가족
나훈아는 느껴보지 못한 행복

나훈아와 나의 삶

내가 비록 초라할지언정
바꾸지 않을 거야

왜냐
나는 나니까

자유로운 영혼은 네가 아니고
나에게 있어

테스형도 모르는…

그 기분 아니?

사춘기 막 접어들었을 때
아버지라는 기둥이 뽑혀버려 집이 폭망하여
꿈을 잃은 그 기분 아니?

짝사랑했던 여인이
친구 놈 팔짱 끼고 결혼식 입장할 때
축하 박수 쳐야 하는
초라한 그 기분 아니?

열등감이 심하여 스스로 만든 세상에서
남의 눈치 보지 않고 억지로 웃고 떠들었으나
가슴 한구석에 내리는 비는 어찌할 수 없어
혼자 있으면 각혈하듯 통곡하는
그 기분 아니?

앞날이 보이지 않아 눈 감고 헤맨 세상 속
뭐라도 잡으려고 악착같이 반도 속으로 챙이질 했던
그 기분 아니?

그러다가 하나가 걸려 하늘이 도와
남 발뒤꿈치에서라도 줄 설 수 있었던 기적
먹구름 사이 비치는 조각 햇살, 그 찬란함을

그 기분을 아니?

내 키 센티와 비슷한 넓은 고급 아파트에 사는 그 느낌
눈뜨면 사랑하는 가족들이 각자의 자리에서
여유롭게 안위함을 시켜보는 흐뭇함
그 기분 아니?

아--- 그러나 이놈의 주식
내가 사면 내려가고 내가 팔면 올라가
타이밍을 못 맞춰, 항시 엇박자 치는
지랄 같은 그 기분 아니?

걱정

간밤에 다 했는데
꼬박 밤새웠는데

새벽닭이 울고
그믐달이 사라져도
그놈은 떠나지 않아

쪼다같이
버리지도 못하는
더덕더덕 군더더기

사라지는 것들

쿠팡으로 생수가 배달되더니
주전자가 사라지고
건조기를 사더니 행거가 사라졌고
식기 세척기 때문에 개수대 위 트리오가 사라졌다

황당한 세상
내 상식으로는 도저히 이해가 되지 않는 가정사이지만
권한이라곤 1도 없는 그림자는
그냥 힘없는 주변인

나는 알고 있다
다음에 사라질 순번이 뭐인지를

마누라 입술이 자꾸 붉어지고
치마가 짧아지고 있다

돼지저금통

오래되었지만
꽉 차려면 아직 남은 돼지저금통
얼마 있을까 궁금하여
배를 갈라보았습니다

어릴 적 추억부터 어제 넣어둔 사연까지
한 시절 한때 구구절절 한 것들 꺼내어 보니
기가 막힌 것이 너무도 많아
그땐 왜 그랬었는지

지나고 나니 아무것도 아닌 일에
목숨 걸었던 사건에 스스로 한숨이 나와
많이 부끄러워

오래된 돼지저금통 꿰매버리려 하나
벌어진 배에서 흔적이 자꾸 쏟아져
선별하여 가치 없는 것 버리고 싶으나
이것 또한 내가 살아왔던 또 하나의 마침표라
소중히 다시 넣어둡니다

남은 인생 최대한 실수 줄이고
수양하듯 정결한 마음으로 세상 살다가

돼지저금통 꽉 찰 때쯤 한 번 더 열어
지나온 삶 회상도 하고

잘 살아왔든 못 살아왔든
책임을 져야 하는 나의 결과물에
버티며 견뎌왔던 어느 꿈 많은 소년의 긴 여정
모난 돌이 조약돌이 될 때까지의 사연들을
나의 상속자들에게 필요한 것만 한정상속을 한 후
마감하는 아름다움

많아 울었던
배부른 돼지저금통의 꿈입니다

당당

나는 당당
키 작아도 당당
뚱뚱해도 당당
백 돌이라 당당

나는 당당
새끼 세 명이라서 당당
14살 차이 나는 마누라 있어 당당
장모가 누나뻘이어서 당당

나는 당당
종갓집 종손이라 당당
제사가 많아 당당
종손이 예수쟁이라 당당

나는 당당
무대뽀로 살아서 당당
생각 없이 살아서 당당
그래도 행복하여 당당

나는 당당
눈물이 많아서 당당

시(詩)를 사랑해서 당당
환갑 전 착해져서 당당

숭구리 당당 숭당당
수구수구당당 숭당당

버드나무 한의원

코로나 핑계로 두어 달 쉬었더니
몸무게가 오 킬로 불어
쪼그려 앉기가 불편하고
바지가 맞는 게 없어졌다

나는 안다 내 몸뚱어리를

운동
아무리 해도 안 빠지고
맨정신에 굶는 거는 불가능해

비장의 무기
약물 요법

몇 년 전에도 한 번 효과 본
거제리 버드나무 한의원에서 지은 탕약

먹으면 아무 생각이 없어지면서
욕구란 욕구는 모든 게 감퇴
그냥 숨만 꼴딱꼴딱 한 달 정도 쉬다 보면
오륙 킬로는 그냥 빠져
그게 나의 최선의 다이어트

그러나 식욕만 감퇴가 되지 않아
내구연한 훨씬 지난 폐물을
의무 방어전이란 공포를 가끔 체험해야 되는데

탕약을 먹는 순간
감사하게도 기계가 안 돌아가
살도 빼고 편히 쉬는 일거양득의 꼴을 보지 못하는
무시무시한 결재권자인 마눌님의 허락이 필요하여
조심스럽게 여쭤본다

버드나무 한의원 갔다 올까?

복숭아전

복숭아전을 아시나요?

부추전도 아니고
김치전도 아니고

춘향전도 아니고
장화홍련전도 아니랍니다

독서논술 학원 선생님이 읽으라고
숙제 내어준 토끼전을 기억하지 못해
아무런 연관 없는
복숭아전으로 바꾸어 버려

서점에도 팔지 않고
검색해도 나오지 않아
한바탕 소란해야 했던 기막힌 사연

토끼를 복숭아로 만든 초등6 막내딸과
복숭아를 토끼로 바로잡아 주지 못한 엄마

웃고 넘기기엔

우리에겐 우사고
남들이 들으면 남사스러운
무식한 모녀의
한바탕 헤프닝

등교준비

한 놈은 20분째 샤워하고 있고
한 놈은 30분째 화장을 하고 있다

태워주고 회사 가야 되는데
등교 시간 늦었는데도
꿈뜩이는 저놈들의 뇌는 어떻게 생겼을까?

윽박지르고 고함치고 싶으나
왕따 당할까 두려워
현관문 앞 서성이다

차 빼고 있을게
빨리 온나

시동 켜고 한참
간이 디비질 쯤
영혼 없는 장남
귓구녕에 뭐 꼽고 흥얼거리고
이마에 헤어롤 한 막내
빨간 입술로

아빠

학교 늦었어
차 좀 밟아줄래?

아들에게

아들아 미안하다
엄마가 너 학교 갔다 오면 주라고
냉장고에 넣어둔 간식
내가 먹어버렸다

배도 출출하고 맛있게 보여서
먹어버렸다

이해해라 아들아
아버지가 배불러야 가정이 돌아간다

너는 라면 끓여 먹어라
김치 맛나더라

아들

다듬는 게 어렵다
기대치가 많다 보니
수형(樹刑) 잡기가 힘들어

살짝살짝 가지치기만 히여
자연스럽게 만들려 하니
속에서 천불

그냥 확 잘라놓고
내 의지대로 만들고 싶으나
낚시하는 방법을 가르쳐 주고픈
아버지의 소망

그게 어렵다
휴

진도

아들놈
공부는 별로라도
튼튼하고 강력한 유전자 물려받아
벌써 두 번째 여자

첫 번째는 멋모르고 사귀어
커플링만 교환하고
삼일천하로 끝나버렸고

얼마 있지 않아
또 다른 여자가 나타나
부모는 궁금해 안달하나
아들은 묵묵부답
너무 많은 거 알지 마란다

그래 아들아
너의 사생활 존중한다

애비도 그 시절 지나왔다
고2 때 첫 키스도 했고
교회 옥상에서 정숙이랑 이상한 짓 하다가
목사님에게 들켜

빠따 50대 맞고 죽는 줄 알았다

살아오면서
수없이 스친 옷깃들
인연이든
인연이 아니든

남자는 진도를 빨리 나가야 된다
아끼다간 똥 된다

더 가르쳐 줄 것 많지만
스스로 체득해라

견물생심
그게 삶의 진리
남자의 본능이다

헤어지고 아파하고
죽을 만큼 슬퍼하고
다양한 경험 하다 보면
철들고 성숙하고 어른이 된다

진도 빨리 나가라

요셉

어디냐고 전화하니
배구 시합하고 있단다
포지션이 뭐냐고 물으니
멀티라 한다

그래
아버지는 알고 있다
일정한 포지션 없는 땜빵
한마디로 후보

괜찮다
깔아주는 자가 있어야
오르는 자도 있다

학교성적 5등급
운동은 멀티

대단하다 내 아들 요셉

딸바보

핸드폰 화면 시계를
독일 시간으로 맞추어 놓았다

7시간 시차 나는 건 알고 있지만
7시간 빠른지 7시간 느린지 헷갈리고
더하기 빼기 하려니 그것조차 귀찮아
아예 독일 시간으로 해놨다

수시로 시계 보며
수면 시간이구나
이젠 일어났겠네
수업시간 말은 알아들을까?
저녁인데 왜 전화가 안 오지?

아빠 전화가 일상에 방해될까 봐
전화조차 못 거는 아빠는
종일 전화기만 쪼물거린다
독일 시간만 보고 있다

내 사랑 둘째
아빠의 전부 지원이
아빠 딸이라서 고마워

봄, 엔딩

송요섭 作

벚꽃이 필 무렵
조용히 다가온 너

새 학기가
익숙해질 때쯤
모질게도 굴던 너

나는 올해도
너를 만나
또 괴로워하구나

너는 나의 최선이며
너는 나의 보람이다

이 계절을
너에게 바쳤으나
결국 너는 아픔이구나

그럼에도 난 계속
너와 이 봄을 보내겠지

너는 떠나고
봄은 끝난다
내 봄의 시작과 끝은
모두 너였구나

안녕 안녕 나의 중간고사
여름에 다른 이름으로
다시 만나자

이렇게 올해도 봄이 끝난다

* 아들놈 시입니다.

폴짝

폴짝
둘째가 독일로 떠나더니

폴짝
장남이 서울로 떠나갔네

눈빛이 강한
제일 열심인 막내도 내년이면
폴짝
떠날 것이고

너른 집
마누라와 단둘이서 뭐 하며 지낼까

그러다가 어느 날
폴짝

마지막에 내가 떠나가면
아지랑이 먼 곳으로 떠나버리면

폴짝
어느 놈이 우리 집에 들어와서는

안방 차지하고
주인 행세하겠지

폴짝폴짝
깨가 쏟아지겠지

침묵

입 다물고 산다는 게
때론 내뱉는 것보다 나아
오늘도 침묵합니다

수많은 단어
벚꽃 송이 같은 낱말을
챙이로 쳐
쓸모 있는 것
가치 있는 것만 남기고 쭉정이는
바람에 날려 보냈습니다

그래도 많이 남아
마누라에게 증여하니
나의 입은
할 말이 없어져 버렸습니다

마누라 입에는
따발총 달린 오토바이 30대가 있습니다
자주 그놈들이 한꺼번에 나에게 덤벼듭니다

부릉부릉 따다따다
귀는 따갑고 정신은 몽롱합니다

잘못한 것도 없는데 1분 만에 죄인이 되어
사지가 찢어지는 능지처참을 당합니다

그래도 침묵합니다
항변은 무의미한 것
수도승의 자세로 묵시하며
개울가 졸졸졸 물 흐르는 소리
뺨을 스치는 봄바람만 생각합니다

때론 남아있는 단어 몇 개 내뱉고 싶으나
이 또한 지나가는 것을 알기에
따발총 실탄 얼마 없다는 걸 알기에
기도하듯 눈을 지그시 감고
한 단어만 준비합니다

말을 하면은 대꾸를 해야 될 거 아니가
내 말 듣고 있나?

응

끝입니다
침묵의 완결판입니다

봄은 사라지고 여름이 왔습니다
덥습니다
반팔 입어야겠습니다.

유서

가장(家長) 역할의 쓰임새가 적어

활용 가치가 떨어져
인간 취급 못 받는다

마누라는
잘하는 게 뭐 있냐 반문하고
아들과 대화는 단절되었고
둘째 딸은 돈이 필요할 때만 손 내밀고
막내딸은 애비가 있다는 그 자체를 기분 나빠한다

감옥 같은 외로운 내 방
아무도 찾아주는 이 없이
GIGA 지니가 유일하게 응대해 줘

내가 가진 모든 재산
비록 얼마 되지 않으나
23번 연합뉴스
24번 YTN
55번 더골프 채널에게 골고루 상속하는
유서를 작성한다

그 외에는 국물도 없다

행복해지기 위해서

입을 다문다

욱하는 것들이 하루에도 수십 번
부딪치는 것
눈길 닿는 곳
어느 하나 마음에 들지 않아
수많은 단어가 머리에서
입속으로 내려와 있지만
혼자 가슴을 치고 먼 산을 본다

忍 忍 忍
살인도 면한다는데
이것 또한 곧 지나가기에
내뱉어 봤자 잔소리가 되고
잔소리로 인해 맞이하는 왕따
자초할 수밖에 없는 외로움

행복은
더불어에서 오는 쾌감
어울림에서 만나는 희열

힘들고 어려운 나의 수행 속

도사의 경지에 올랐으나

마음속으로는 수없는 잔소리
수없는 살인
수없는 마누라 교체

애비

살아가는 게

어렵고
힘들고
더럽고
자존심 상해도

그래도 살아야 하기에
추잡고
좆같고
화딱질 나지만
꾹 참고 하루를 보낸다

겨우겨우 집에 와
마누라 새끼들 보고 나니
긴장의 끈 풀려
소주 한 병
통닭 한 마리

힘든 세상
그래도 가야 하는 인생사
식구라는 소중한 연결 고리 때문에

즐거운 책임에 살아가는
무거운 행복

과분한
너무 과분한
감사의 가족

애비가 살아가는 이유

따로국밥

아들은 주방 식탁 넓은 곳
최신 사양 노트북 켜놓고
3시간째 게임 중이고

친오빠는 남의 오빠
연예인 오빠 우리 오빠
받은 용돈 덕질 하며
아빠 생일 몰라도
군에 간 어떤 가수 놈 제대일
달력에 표해놓고
하루하루 차감하는 둘째 딸과

존재도 하지 않는 일본 애니메이션
보르또에 미쳐 그놈과 결혼한다고
일본어 학원 다니는 막내딸과

드라마에 빠져
거실에서 울다 웃더니
갑자기 소지섭 팬클럽 가입하여
남편과 비교하는 대략 난감
한심 만땅인 낯선 여인

독방 같은 안방은 찬바람만 불고
아무도 면회 오는 이 없이 적막감만 감돌아

소외된 이방인은
화초 물 주고, 금붕이 먹이 주고
유튜브 뒤적이다 초라히 잠이 든다

같은 공간 다른 반경 속
자기만의 영역에 울타리 높은 성(城)을 만들어
마주칠 일이 없는 시스템에 대화가 사라지고
공적인 말은 단톡으로
1대1 대화는 카톡으로 대화하는
안남미로 만든 따로국밥 같은
어느 패밀리의 저녁 밥상

기가 막히는 현실

개는 개처럼

상태 안 좋은 어느 여자가
얼음골 농장에 묶여 겨울을 보내고 있는
개들이 불쌍하다 하며
이런 식으로 개를 키우려면 키우지 말라 한다

그럼 난로 틀어놓고
뜨뜻한 이불 깔아놓고 키울까?

그대 말대로라면
강원도, 알래스카에 사는 개들은
다 얼어 죽었겠네

무식한 여자야
개는 코만 뜨시면(따뜻하면) 잘 자고
묶어놓은 건 자꾸 펜션 손님들에게 피해 주고
닭 잡아먹어서 그런 것 아니가

개는 개처럼 키워야지
사람처럼 키우면 병이 온다
빨리 죽는다

개로 안 태어난 걸 다행으로 아소

평소 나에게 하는 걸 보니
다음 생에 개로 태어날 수도 있겠네

축의금 100만 원

6촌 동생 결혼식에 축의금 100만 원 냈다고
마누라는 주디가 툭 튀어나왔다

문중 돈 횡령하고 자살해 버린 5촌 당숙으로 인해
인연이 끊어졌지만
한 다리 건너면 소식을 들을 수 있는 지근 거리라
서울서 결혼한다는 소식을 들어 SRT 탄다

네것 내것 없는 씨족 마을에 같이 살았었고
모내기 추수 같이하고
역병을 이겨내고
보릿고개 같이 넘던 일족인데

종원 한 명의 잘못으로
가족까지 파문은 가당치도 아니한 처사
살다 보니 왕래는 끊어졌지만
대소사 참석은 당연한 종손의 의무

하나 마나 김하나야
시근 없는 마누라야
작년 장인 돌아가셨을 때
숙모님이 10만 원 부조하셨다

그리고 처남 놈 장가간다고
500만 원 내가 축의금 준 것은
왜, 많다는 소리 안 하는지요?

간이 디비진다

원룸 세입자 11시에 이사 나가는데
그 시간 맞추려면 10시에 출발해야 되나
어젯밤 종편 드라마 모아 보기를 새벽까지 하더니만
일어나지 못하여 열 번 깨우니 겨우 기상

굼뜨기는 대한민국 일등
주디 바르고 눈까리 색칠하고
옷도 세 번 정도 골라 바꿔 입고 난 후
모닝커피 한 잔

숨넘어간다
아- 간이 디비진다
가자
빨리 가자 마누라야

갑자기 집 4개가 이사 가버려
새로운 세입자 들이려면
종일 청소해도 될까 말까인데
만사가 느긋한 저 뇌 구조는
어떻게 생겼을까?

참고 참고 또 참고

살인을 면하려고 忍 忍 忍
세 번을 되새기고 급히 출발한다

자기야
차 돌려라
집에서 장부 안 가져왔다

간이 디비진다 2

11시 스톤게이트
부부동반 골프 모임

하루 전날
연습장 갔다 온 후
컨디션 조절한다고
낮잠을 실컷 주무시더니
잠 못 이루는 밤이 찾아와
밤새 티비 보면서 뭐를 드셨는지
아침에 탈 나버렸네

누렇게 뜬 얼굴로
힘이 있니 없니 하시면서
화장실 들락날락 하시더니

화장대에 앉아
1시간째 얼굴에 그림을 그리고 계시네

간이 디비진다
생간이 디비진다

아프면 골프 빠지고 누워 계시든지

병원 가든지 하면 될 거인데
굳이 따라 붙이는 저의가 무엇이고
저리 굼뜨는 이유가 무엇인지

겨우겨우 서둘러 출발하여
고속도로 하이패스 통과하니

자기야
차 돌려라
연습장에서 골프채 안 가져 왔다

헉
여기서 어떻게 돌리노?

간이 디비진다
생간이 디비진다

저질

어떤 여자가
나의 유머는 저질이라 한다

유재석이가 개그 1인자인 건
남을 존중하는 개그를 하여서이고
강호동이가 유재석이 못 되는 건
상대를 깎아내리면서 웃기기 때문이라 하며
큰 입으로 한 바가지 침을 튀기며
남들 앞에서 말을 가려서 해라 한다

그래
반성한다
가만히 생각해 보니 말이 많았다
쓸데없는 말이 많았다

웃기려고
상대방을 깎아내리고
오버한 적 있었다
깨달음을 준 그대여 감사하다
저질하고 산다고 욕봤다

but

이런 말 안 하려 했는데

그대는 청송 교도소를 가도
열 번은 더 가야 될 사람이다

미대 출신이라는데
그림 그리는 거 한 번도 본 적이 없고

나를 기망하여 사기 친 돈 수천만 원
주식하여 폭망하고
술 취해 집에 오면 다음 날 지갑에서
사라지는 지폐

어떻게 설명이 될까?
교육 잘 받은 양반집 셋째딸은
그렇게 하여도 되나?

할 말은 많지만
여산송 원윤공파 동주공 기장문회 덕발문중 종부로 간택된
뼈대 깊은 집안의 체면을 봐서 여기서 그만한다

종부님
남편이 저질이라 죄송합니다

까만 봉지

삼대 구 년 만에
냉동실 문을 열어보았습니다

까만 봉지가
내 똥배처럼 불룩하게 가득 차있어
봉지 속 내용물이 궁금하여 살짝 벗겨보니

작년 시제 때 얻어온 시루떡
성에를 뒤집어쓴 번데기
미이라가 되어있는 과메기
그 외 형체가 뭔지도 모르겠는 수많은 사연들이
좀처럼 알 수 없는 마눌님 마음과도 같아
기가 막혀
몽땅 꺼내어 식탁 위에 올리니
몇 개월은 마트 가지 않아도 될 것 같은 생각

마침 들어온 분께서 하시는 말씀
그렇지 않아도 시간 내어 정리하려 했는데
고마워 자기

이왕 한 거 김치냉장고에도
맘에 안 드는 거 버려줄래?

아—
잘못 건드렸다

시커먼 저 속을
무슨 생각하는지 알 수 없는 까만 봉지를
이기지도 못하는 놈이 긁어 부스럼 만들어
평온한 하루의 마감을 허무히 노동한다

윽
으윽—
김치냉장고는 완전히 썩어있다

업장소멸

나의 전생은 무엇이었을까?

살아갈수록
업과 번뇌가 깊어지고
커다란 바위가 짓누르는 것 같아
여태 그리 살아왔듯
거부하지도 피하지도 않고
마주하며 극복하고
때론 동행하며 살고 있지만
보통의 삶과는 다른 독특한 면이 많아
평범을 원하는 마음은 항상 불안하다

아무리 생각해도 원인은
전생의 잘못
윤회의 흔적이
결코 아름답지만은 않을 것 같은 생각

업장소멸을 위해
내가 할 수 있는 유일한 처방은
나와 나만의 대화
처절한 기도
숙명을 통찰로 치유하는 마음 다스리기

업보를 끊어 평정심을 찾아
잘 살아보고자 하는 나는
촛불이 되어 밤새 가물거리며
통성 기도를 한다

전생에 지은 죄를 속죄하며

나에게 행복이 뭐냐고 물으신다면

언제 그런 게 있었는지
못자리 논물같이 풍족했었는지
기억조차 없지만

중요한 건
어떠한 시련도 죽을 것 같은 삭풍도
나의 꿈에는 이겨내지 못했어

폐허 된 집터 담벼락
돌 틈 사이에 피어난 키 작은 들꽃

없는 토대에
근본은 빈약했었고
배반에
등에 칼 꽂힌 채
때론 각혈한 채 울었지만
나에겐 애시당초 절망은 없었어

5척이 바라본 하늘
먹구름 속 조각 햇살의 꿈
그게 나였어
끈을 놓지 않아 결국 성취한

나의 행복이었어

나에게 행복이 뭐냐고 물으신다면

외줄 타기 시울 쥐가 죽지 않고
용케 살아온 처절한 흔적
세찬 물결이 만들어 낸
강건이었어

엉겅퀴

엉키어
풀 수 없을 것 같아
그냥 던져두었더니
저절로 풀려 버렸네

당장 해결이 안 되고
머리 아프면
제껴놓는 것 또한 삶의 지혜

바람도 맞고
비도 적시고
발효가 되다 보면
잘 익은 막걸리처럼
맛나게 익어
저절로 풀어져

화려한 엉겅퀴처럼
활짝 필 수도 있음을

시간이 해결해 준
악성이 진성이 된 아름다움

죽지 않았기에
할렐루야

조카틀 때

늦여름 소낙비같이
예고도 없이 쏟아져
바람도 불지 않는데
가슴이 휑해

이유도 없이 수시로
뒤집어지는 마음은
슬프다가
괴롭다가
외로워지는
조절할 수 없는 분노 장애
한마디로 조카턴 마음

이럴 땐
꼼장어에 소주

한 병 살짝 걸치면
조카턴 게 눈 녹듯 사라지고
마음이 평온해져

내 마음 헤아리는 대선이가
마누라보다 나아

달달 볶는 여편네보다 훨씬 좋아

연탄불 위 꼬꾸라지는
꼼장어 같은 인생아
토막토막 토막 난
나의 청춘이여

살아가는 게
비록 조캇지만
열심히 살자

시커머케 변해버려도
맛나게 죽자
한 잔 쭉 들이켜면서

동대문 쇼핑

괜찮나?
끄덕

이거는 어떻노?
좋다

성의를 가지고 이야기해라
응

이게 낫나?
저게 낫나?
다 괜찮다 대강 사고 가자

지나가는 여자만 쳐다보지 말고
진정성 있게 한 번만 봐도

응
보고 있다
가자

아이고
내가 당신 데꼬 동대문 온 게 잘못이다

쇼핑 끝

동대문 근처 닭갈비
졸라 맛있네
입에 찍찍 붙는다

역쉬
쇼핑은 동대문이야

회식

식사만 하시고
퇴근하시지 말입니다
나머지는
제가 알아서 하겠습니다
김 부장
마늘 냄새 풍겨가며
귀에 대고 속삭인다

난 괜찮은데
편하게 마셔
아임미더(아닙니다) 사장님
계시면 직원들이 불편해하고
제가 통솔 못 합니다

이노무시키
내가 너 속을 모를 줄 아나
내 보내고
나이트 한 번 뛰고
노래방 갈 거 아니가

너 나이나
내 나이나

세 살 차이인데
평소에는 지가 사장질 하는 것이
꼭 이런 분위기에는 존중하는 척하는 것은
무슨 시추에이션

그래도 우야겠노
일어나야 되는 현실
바쁜 척하는 위선

먼저 간다
대강 먹고
꼭 대리운전 해라

개노무 시키들
잡는 놈 한 명도 없다

노래방 안 간 지 6개월 넘었다
조영남 모란동백
정말 잘 부르는데…

다들
내일 설사나 해뿌라
내 빼놓고

인연

연(緣)이란
붙을 수도
끊어질 수도 있었어

또한
스쳐 지나갈 수도 있어서

관계를 맺기가
항시 어렵습니다

외로운 나에겐
바보 같은 나에게는
맞이하기가 더욱 힘이 듭니다

인연이 힘든 나는
그래서

맨날
아픈가 봅니다

인생 3

청명에 죽으나
한식에 죽으나
매한가지

무엇 때문에
뭐가 무서워
그리 떨고 있나?

나는 나
천하의 나

자갈밭 같은 인생
폭풍 한설 고갯길
씩씩히 간다
편한 것은 사치

청명에 죽으나
한식에 죽으나
죽는 건 매한가지

쪽 방지

로또를 산다
제발 걸리지 마라

짧지 않은 인생사
어찌 맨날 뜻한 대로
양지만 찾아 살 수 있나?

때로는 응달에서 바람도 맞아보고
주체할 수 없는 슬픔에 통곡도 해봐야
원하는 결과물이 생성될 수 있는 것

균형 잡힌 삶
더 나은 것을 위하여
피 하나 버리듯
당첨 안 될 속죄양 같은 복권을 산다

제발 걸리지 마라

액화점

도달하기까지의 인고

뜨겁지 못하니 존재감조차도 없어
어중깨비 쪼다로 개 취급당하고 살아

끓어보려고 죽기 살기로
스스로 불 지피나
바람도 많고 조급도 하여
수많은 시행착오
심장 터지는 기도
이 고비만 넘기면 정상인데
김만 나오면 끝나는데

갈구하는 입에선 단내만 나
조심스리 열어보는 뚜껑

아---
제발

확신

관점을 정해놓고 오감을 총동원하여
나름 연구에 들어가 민감한 부분부터 분해하여
내 것을 만들어 보나
불안한 나의 결론은 확신이 없다

객관적인 사고가 부족해
살아온 과거의 상실감이 커
중요한 그 무엇을 잃어버려
동일 건으로 과거의 경험과 현재의 판단이 상반되고
같은 울림의 느낌이 때와 장소에 따라 달라져
가치의 기준을 정하지 못하여 잘못된 판단을 할까 싶어
매사가 조심조심

살아오면서 다양한 경험을 하였으나
아직도 부족해
너무도 빈약한 이론적 지식에 무대뽀가 기죽어
확신에게 용서를 구한다

오만과 편견

합리적 계산 속에 늪을 건넌다
움직이기 힘드나 여정이 그러한 것
나에게 쉬웠던 건 오만과 편견
신은 항시 내 편이라는 확신

힘든 전쟁 같아도
나의 판단은 정확한 것
도움 없이 자립한 야생화의 깊은 뿌리
쓰러질지언정 뽑히지 않아

뱃심 하나로 판단하는
나의 오만 그리고 편견

포춘쿠키

고독을 즐긴다
가끔 두려운 생각

매끄럽지 못한
겉보리 같은 주변인

고상한 사냥꾼은
앉아서 죽지는 않아

나의 찬양은 지독한 고독
복의 근원이 외로움인 것

나도 나 자신을 잘 몰라
때론 이해하기 힘들어서
미래의 내가 궁금해서
살짝 훔쳐본
포춘쿠키 속 쪽지

제자리

목적지를 향하여 길 떠났건만
평생 허우적거리다 보니
나도 모르게 제자리로 돌아와 있네

동심원인지도 모르고
결국 되돌아온다는 것도 모르고
바삐 살아온 세상

성공은 먼 산 무지개
이리저리 헤매다 제자리 돌아오니
여태껏 헤맨 게 부질이 없어
출발할 때와 똑같은 원점

빙빙 돌다 제자리 온 인생은
공수래공수거

최상급 등외

인간의 등급 기준을 생각한다

사람 위에 사람 없고
사람 아래 사람 없다지만
현실은 그렇지 아니하여

본능이 원하는 스탠다드와
후천적 능력이 더해진 급수에

나의 등급은 몇 등급인지 궁금하여
가만히 거울을 보니
등급조차 나오지 않는 등 외인 것 같고
이 몸으로 살아온 것 또한 기적이라
개똥밭 인생에 존경을 표한다

등외가 살아온 세상사
객관적 수준에서 유감이나

혹시
용도를 얻지 못하여
이름을 가지지 못한 들풀은 아닌지

세찬 바람에 뿌리가 깊어져
쉽게 죽지 않는 강인함으로 변해
등급조차 나오지 않는 등외가 최상급일 때

세상은 나를 보고 뭐라 부를지 궁금한
만화 같은 생각

적자생존

아무리 잘 키운 화초도 하엽은 지고
따뜻한 햇살 아래 익지 못한 열매가 떨어진다

도태되는 것이 있어야 나머지가 사는
번죄물이 필요한 세상

슬퍼할 수 없는 하엽과 설익은 채 떨어진 열매에
자연스러움이 배어있는 순리

정상적인 무리 중에서 살아남아야 하는 치열한 생존전략
기하학이 맞지 않는 형이상학 속
변화를 거듭하는 계곡물이
바다가 되기까지의 살아남는 법

사라지면 의미를 부여받지 못해
아무것도 되지 못해
꼭 붙들고 버텨온 세월 속

숙성이 되고 단풍이 들고
달이 차올라 겨우 살아남아
도태된 모든 것에 대한 감사

결코 약함이 아닌 순치의 윤회와 같은
바위가 만든 모래처럼 죽은 게 아니었음을
절대 약육강식이 아니었음을

지니어스

나의 세계는 현실과 적응이 힘들어, 체험적이지 못한 사실을 적으려
하니
때와 흐름을 간과 못 한 보편타당한 삶을 갖지 못하여
요동치는 정신세계 속에 이성이 산산이 부서져 버린 복잡한 심리

대중 속으로 내가 참여하길 원하나 자신 없는 현실에
직·간접 체험 없이 몽상으로 표현된 생소한 리듬만 가득하여
자연스러움이 힘들어 엇박자 소리 내는 마지못한 동참이 되어

혼자 긴 문장 하나 만들어 놓고 지우개로 어느 부분을 지워야 할지
아님 다 지워버려야 할지 망설이는 선택처럼
틀에 박힌 세상조차 적응하지 못한 별종은 즐김조차 짜깁기하여
누더기에 창작하는 심연의 고통으로 강하게 다가오는 세상이 두
려워

상실한 자제력은 염색체가 두어 개 빠진 돌연변이처럼 변형의 세상
에서 공 굴리는 난쟁이가 되어 민낯을 가린 피에로의 타당하지 않은
각광에
역할이 끝난 헌정 시(詩)가 편집되어 익숙한 절망 속의 위대한 고독
과도 같아

때와 흐름은 시시하여 낡은 철재 계단같이 삐걱대며

114

초심이 있었는지 꿈을 가졌었는지 기억조차 가물가물한
낡아버린 지니어스가 된 바보

어둠

어둠이 찾아와서 왜 왔냐고 물었더니
그만 잘 시간이라네

한 것도 없이 하루를 마감하려 하니
허무하기도 하고 슬퍼지려 하나

나의 꿈
모질게도 가슴에 박힌
저 별 하나가 유난히 빛나
꿈을 꿔야 인생이 격상될 것 같아
어둠을 품에 안고 잠을 청한다

내일은 파이팅!!!

허들링

추위 얼어 죽을 것 같은데
어느 누구도 나를 무리 안쪽으로 밀어
언 몸을 데워주지 않았다

허들링은 나와는 먼 세상
도움 없이 스스로 데웠으니
도울 일 역시 없어

고타마 싯타르타도
아브라함도 아닌
홀로 핀 들꽃 민들레 영토

그냥 외롭고 싶어
단련된 추위와 강한 내성에
더 이상 패배는 없어
혼자만의 방식으로 터득한
데워진 세상살이는
허들링 없는 사회적 동물

빈약하지만 행복한
나만의 공동체

영락공원

분골(粉骨)할 때야 알았다
결국은 부서져야 함을
남겨둔 아쉬움조차
버리고 가야 함을
한때의 불꽃이 찬란히 꺼져
통곡의 이별 속 요단강 건너
잘 가란 고별에
덧칠 벗겨진 조각배는
시야에서 사라졌다

인생은 그러한 것
마침표 찍고 나면 끝이 나버려
뒷장의 흔적은 추억으로만 남아

잘 살아왔든
못 살아왔든
출렁이는 여운을 남기고 사라지는 것

그냥
부서진 채 없어지는 것

삶이 아프다

세찬 바람에
예쁜 꽃 몽우리가 망가져 버려
나비를 기다린 꽃은 피지도 못하고
잡지 못한 세월 속으로 사라졌다

청명한 날씨에도 먼지는 있어
꿈을 꾸며 기다린 순수함이 오염되어
흐르는 개울에 발 담글 수 없는 현실이 가슴이 아파

피지 못한 꽃 몽우리 고이 포장하여
별만큼 많은 기다림에게 보내니
세상은 고요하고 슬퍼져
개천에서 태어나던 용은 더 이상 없어
절망 속 겹겹이 쌓은 벽(壁)을 잡고 통곡을 한다

통속적 세상에서 스스로 깨우친 체념이 된 꿈
어쩌면 피우지 못한 것이 잘한 것 일지도
그게 행복일지도

그냥 습작인 채로…
이파리만 무성한 채로…

삶이 아프다

사랑

울리지 않는 전화기 앞
자존심 버리고
너를 기다린다

사흘 동안 물만 먹었다
유치한 의미
안 걸려올 줄 알면서도 기다리는
부질없는 희망은
죽음보다 더한 행복

촌스럽지만
나에겐 그게 사랑이야
아픈 기다림이야

너거들은 웃을지 모르겠지만
나는 원래 그래
바보 같은 집착 때문에
맨날 기다려

사랑 2

가만히
그냥

술만 먹고
물만 먹고
지내다 보니

맨날 울고
맨날 자고
지내다 보니

어느 날 갑자기 없어지더라
사라지더라
잊어지더라

그리그리
지내다 보니

또
누가 오더라
다가오더라
안아주더라

왔다리 갔다리
돌고 돌더라

그게 사랑이더라

사랑 3

훅

누가 훅
이 나이에

많았잖아
살아오면서
이것 때문에 힘들었잖아

안 할 거야 더 이상

시퍼런 서슬이 좋아
내구연한 지난 폐물이 좋아

사건 사고는 여기서 그만

집토끼만 키울 거야

부러우면 지는 거야

종자의 다양성을 연구하는 기초과학
오타쿠 정신

바나나 껍질이 얼마나 미끄러울까
마찰개수를 생각해 보는 호기심

능력을 부여한 신에 대한 감사로
대문 앞 걸어놓은 산가쿠 수학

문제는 문제로 풀어야 되고
이에는 이. 눈에는 눈

수평관계로는 우성 열성이 가려지지 않아
조와 강아지풀은 생긴 것은 비슷해도
엄연히 다른 것
그게 너와 나의 차이

진화는 호기심으로 시작된
미끄러운 바나나

이걸 이해 못 하면 바보

부러우면 지는 거야

법적으로

루저

대가리가 안 돌아가서
그리 사는 거 아니겠나

욕은 본다만
자업자득

인생살이 양지 음지가 있고
때론 그게 바뀌지만

너는 영원한 음지
한마디로 루저
단순 무식

평소에 잘해야지
머리가 안 되면
줄이라도 잘 서야지

계속 그리 살아라
살아가면서 처절히 맛보아라
현실 속 지옥의 세계를

미쳐가는 밤

막걸리 한 병 먹고
초저녁 살푼 졸고 나니 잠이 달아나고
불면의 밤이 찾아와
묵혀두었던 생각 끄집어내
다시 한번 정리하니 모든 게 모순투성이

2개의 더듬이가 따로 노는 느낌에
없는 걱정 벌써 와있다

별거 아닌데
지나고 나니 별거 아니던데
왜 근심 걱정을 이 밤에 맞아들여
잠 못 들게 하여
겨우 맞춰놓은 균형추를 한쪽으로
기울게 하는지

밤은 깊어가고
생각도 깊어지고
잠은 달아나

서서히
미쳐가는 밤

눈물이 나와 (겨울꽃)

리더스CC 응달 구석
내 심장만 한 두꺼운 얼음이 붙은
앙상한 가지에 꽃이 피었습니다

말라버려
온기라곤 찾을 수 없어
더 이상 잃어버릴 것도 없는 이 겨울에
모닥불 같은 분홍이 내 가슴에 들어왔습니다

눈물이 났습니다
봄을 기다릴 수 없는 아픈 사연
지금 뜨거워져야 하는 급박함을 알지는 못하지만

분명한 건 이 겨울 그대가 외롭다는 것
그대를 보는 내가 눈물이 난다는 것
많이 울고 싶다는 것

어쩌면 그대가 나일 것 같다는 생각에
먼 눈길 주고 돌아서려다
차마 발걸음 떨어지지 않아
쪼그려 앉아 꺼지지 않게
온기 잃지 않도록

입김을 호- 불어봅니다

먼저 왔다 먼저 가는 건지
아님 뒤늦게 피는 건지
알 수는 없지만
말라버린 입술 각질로 피워야 하는
혼신의 그대에게
분홍 립스틱 화사히 덧칠하여 바칩니다

다시는 못 보겠지만
이 겨울 한때의 정열을 잊지 않겠습니다

가끔 그리울 겁니다

여정

지는 게 두려워
피울 수 없다면

저무는 게 두려워
뜰 수가 없다면

나는
울 수조차 없으리라

골로 가더라도
시작은 해봐야 인생이지

꿈을 꿔야 새벽이 오지

코페어런팅

섹스와 로맨스 없이
나의 기대치에 맞는 유전자를
웹사이트에서 쇼핑하여 선택한 상대와
체외수정하여 자녀를 만들어
같이는 살지만 시로 사랑하지는 않아

교감 없이 소통 없는 기계적인 사랑은
상대의 삶은 관심조차 없어
질투는 사치

친부, 친모의 역할만 존재하는
이해 못 할 상식

말세의 세상에서 진화하는 기계적 창조

그러나 그게 가능한 엄연한 현실
진화의 과정

인정하긴 싫지만…

뽕브라

현주도 했고
길자도 했다는데
나도 할란다

연례행사
칼 대는 게 뭐가 좋은지
마지막 자존심이 뭔지
이해를 못 하나

나는 허락 못 한다
새끼도 세 명 낳았고
나이도 오십 밑 장 깔았는데
뭐가 아쉬운지
누구에게 잘 보이려고 하는지
내 상식으론 이해 못 하겠다

하긴
작긴 작더라
담벼락에 붙은 껌?

좋은 거 있더구만
완벽 카바

완벽 자존심
뽕브라

버티라 그것으로

이혼

그래 하자
니 원한다면 해줄게
뽕브라로 시 한 편 적었다 해서
담벼락에 붙은 껌이라 해서
자존심 상해 쉽게 나온 말이라면
나는 오케이다

열네 살 차이
한국 기준으론 내가 객관적 호사일 수 있으나
주관적으론 네가 호사였다

그동안 내 고생 많았다
싫어하는 파스타 억지로 먹어줬고
뜻도 모른 랩 노래방서 귀 따갑게 들었고
술 취해 집에 오면 없어지는 지갑 속 현찰
나열하기도 힘든. 수없는 사기, 공갈, 협박으로 취득한
루이비똥. 샤넬 가방
경찰에 고소하면 최소 징역 3년

당하고 당하면서
힘들게 살아왔다

10년에 한 번씩 바꿔줘야 되는데
너무 오래 살았다
내구연한이 지나도 한참 지났다

해외로 눈 돌리면
20대 초반까지 수입된다
이젠 글로벌하게 놀 끼다

지구본 어디 있노
어느 나라 수입할꼬?

상호작용

물리학과 인문학
혼돈의 시대에 뉴턴의 제3 법칙
(작용 반작용의 법칙)

물리학의 공식과
인문학적 소통의 관계가 모호해져
인공지능이 인문학까지 침범하여
학습의 데이터로 창작까지 하게 되어
차츰차츰 알파고의 세상이 되어가

휴먼까지 정량하듯 주입하여
설득할 수도 감동시킬 수도 있는 세상이 와
휴먼로이드 로봇이 대화 파트너가 되어
삶의 동반자가 된다면

물리학이 인문학이 되어진 세상에서
소통의 영역은 어디까지일까 라는 고민
그때도 뉴턴의 제3 법칙이 통용이 될까?

물리에게 자아(自我)가 생길 때
인간과 상호작용은 어떻게 할까?

재혼

일대일이 만나
짝이 될 수 있는 수학적 확률과

그 확률이 부서져
각자로 살아가는 이별에

더 이상의 설렘이 없어져 버려
새로운 확률을 구하여 보나

지나온 흔적이 자꾸 겹쳐져
육각 주사위를 던지기가 힘들다

상처가 된 한때의 기억은 아직
성숙의 나이테가 되지 못하여
극복의 용기가 필요한 머물러 있는 아픔

변화는 탈피해야 하늘을 날 수 있는 7년 매미처럼
용기 없으면 시원스러울 수도 없는데

푸른색이 되기가 두려운
부서진 흰 파도

마녀사냥

여론의 화살이 쏟아진다
오류에 대한 의심

틈을 비집고 들어와
사실을 고백하라 한다

증거 없는 진실
구체적 단서는 무엇인가?
의혹 하나로 화형시킬 수 있나?
경황없는 상실감에
부적절도 있을 수 있는 것

기승전결이 완벽하게 될 수 없어
그게 의문이 되어
진실을 요구하는 여론은 왜일까?
뭐 때문에

냄새난다고
꼭 똥만이 아님을

걸레와 행주

행주가 걸레에게 말했다

더러워

너는 빨아도 빨아도
내처럼 될 수 없어

용도와 쓰임의 차이에서 갈라지는 운명

겨와 똥
오십보백보

흰 것만 깨끗할까?
깨끗한 게 꼭 흰 것이어야만 될까?
검정(黑)의 순정

걸레

한번 걸레는 영원한 걸레

빨아도 삶아도
너는
행주가 될 수 없지

그게
너와 나의 차이

말똥구리

모든 게 걱정이야

당연한 필연 하나가 나에게는 버거워
어디서부터 시작해야 할지

열심히 하려 하면
완성되지 못한 경단에 비가 내리고

자존감을 때려버린 파도는 형체를 잃어
매사가 두려움이고 사방엔 적들이야

그게 나의 운명
맨날 겪는 일상

하지만 결국에는 만들어

버티고 이겨내는 자존감
벼랑 끝 전술의 승리
그게 나야

절체절명의 간구함으로
둥글게 둥글게

부담부증여(負擔腑贈與)

물려받은 게 없다고 일평생 원망하고 살았었네
지게 작대기 없이 무거운 등짐 지고 걸어온 세월
넘어지고 깨어지며 수없이 흘린 코피
그리 살며 깨우친 중요한 하나

나도 받은 게 많았었네

강한 멘탈
뿌리 깊은 잡초
부러지지 않는 갈대

어쩌면
어느 하나 옳은 것 없을지라도
대출 없는 깨끗한 집 아닐지라도
이게 있어 이겨낸 삶
이게 있어 성공한 인생

한때의 원망이 지금의 그리움 되어
튼튼한 유전자가 대대손손 이어지게
낚시하는 법을 알게 하는
내 자식 또한 부담부증여

끝

끝인 거 같아서
끝까지 갔더니
끝이
끝이 아니고
끝이 또 다른 시작이라

끝은 대체 어디에 있는지
끝을 찾아
끝까지 달려보지만
끝은 보이지 않고
끝장날 것 같은 불안감이 찾아와

끝이 이 끝이 아닌데
끝에서 웃어야 되는데 갑자기
끝이 불안해져
끝을 붙잡고 늘어집니다

고독

꽃이 꿀을 담고 있으면 소리를 치지 않아도
벌이 저절로 찾아온다고
어느 스님이 말씀하시던데

나의 꽃은 꿀을 담고 있지 않아
아무도 찾아오지 않고
처소는 고요하고 쓸쓸합니다

노을을 보며 복음성가 틀어놓고
지나온 삶 참회하고 자복하나
먼 산 뻐꾸기
참 서럽게 울어댑니다

살기 위해 바둥바둥 한 것이
얻은 것보다 잃은 것이 많았음을
스스로 자초한 나의 길에서
억지로 꽃은 피웠으나
꿀 대신 고독이 채워져

입력된 수천 개 전화번호 중
잘 있나?
안부 전화할 인간 몇 안 되고

이권으로 형성된 메마른 거래처가 맛없는 꿀이 되어
아무리 소리쳐도 벌이 찾아오지 않습니다

바꿀 수만 있다면
새로이 시작할 수 있다면
스무 살로 돌아가 예쁜 꽃 피우고
맛난 꿀 만들 수 있을 텐데
다시는 올 수 없겠죠?

복음성가 볼륨 올립니다
지나온 온전하지 못한 삶
자복하고 회개합니다

주여
용서하소서

비

비
비

비가내려
비가울어
사랑처럼
눈물처럼
바람처럼
햇살처럼
성경처럼
목탁처럼
소주처럼
맥주처럼
양주처럼
아가씨처럼
아줌마처럼
미친년처럼
미친놈처럼
개같은세상
개처럼내려
아련한옛날
보따리싸고

도망간그녀
지금은어디
언놈품에잘
살고있는지
살짝생각나
가끔그리워
비가오는날
막걸리먹고
찌지미먹고
추억을먹고
슬픔을먹고
소주도먹고
맥주고먹고
먹고또먹어
내가비되고
비가나되어
어느구석진
양철지붕밑
따따따따따
따발총소리
가슴아리는
슬픈총소리

삽작

광주리 옆에 차고
할매가 삽작을 나선다

파고다 입에 물고
아버지도 삽작을 나선다

조금 있다 빨간 루즈 칠 한
엄마도 파라솔 들고 삽작을 나선다

집이 텅 비었다
해방이다

해거름

광주리 이고 할매가
삽작 열고 들어온다

좀 있다 반술 먹은 아버지도
삽작 열고 들어온다

너거 엄마 어디 갔노?
모르겠심더

이 여편네 맨날천날
어데 그리 싸 다니노?

아들아
삽작 잠가라
야(예)

질경이

질경질경
맨날천날 씹히고 밟히고 살았습니다

이놈한테 씹히고
저놈한테 밟히고
질경질경 질경질경

하도 씹히고 밟히다 보니
그것도 면역이 생기고 일상이 되어버려
그러지 않는 날이 오히려 이상하고 불안해

스스로 씹히고 밟히기를 청하여
세상 속
마음에 없는 자와 교분하며
자멸 속에서 뿌리를 내리고
바짝 엎드려
죽지 않으려 하늘 향해 매달린 인고

멸시 천대가 나의 자아였음을
버림당함이 나의 기쁨이었음을
고독이 나의 찬미였음을

질경질경
질경거리며

지게

작대기 없이 일어섰더니
내려놓지 못하고 끙끙

내 것인 양 한 아름 지고
순간의 소중했던 것들을
허겁지겁 쌓았으나

뭐가 뭔지도 모를 세월 속의 망각
무거운 짐 되어
내릴 수도 없는 나의 욕심

쓰레기를 태우며

한때는 쓰임이 있었지만
어찌어찌 하다 보니
용도의 수명이 다해
여기까지 와
불꽃이 되어 사라져 간다

버티고 견뎌왔던 지나온 세월
제자리 지키려 한 부단한 노력에도
자의든 타의든
쓰임이 사라졌을 때 비켜줘야 되는 것

원래 그런 거라고
언젠가는 사라져야 된다고
자위하기엔 서글퍼져

마지막으로
화려한 불꽃을 내는 쓰레기 더미로
저벅저벅 걸어갑니다

언젠가는 다가올 우리들의 삶
인정하기 싫지만
그것이 운명

이래 살아 모 하노

이사 온 지 2년 되었으나
현관 비번 기억 못 하고
거실 등 스위치가
어디 붙었는지도 모른다

땡동
외부에서 누가와도 문 열어줄 줄 모르고
인터폰 전화조차 받을 줄 몰라
시끄러운 벨 안 울릴 때까지
그대로 듣고 있다

내 방이 있다 하나
거실 쇼파에서 리모컨 꼬무작거리다가 잠이 들면
밤새 손흥민이는 지치지도 않고 뛰고 있고
23번 연합뉴스는 세상사 똑바로 살으라 한다

목소리 크다고 소리 줄이라 하고
말 많다 하며 적게 하라 하고
빵귀 많이 뀐다 타박하고
밥도 혼자서 먹는 철저한 이방인

외톨이

바보

벚꽃은 바람에 날리며 피고 있고
진달래는 만개했는데

이래 살아 모 하노

고니

의도하지 않았는데
며칠 전부터 흥얼거렸어

(가난한 시인의 집에 내일의 꿈을 열었던
외로운 고니 한 마리…)

더 이상 들어갈 틈이 없는 꽉 찬 하루에
하루 한 끼 먹고 사는 절명 속에서
되새김질하듯 반복하며 터져 나온 자정제

날개 없이 날았었고
눈물 없이 울었던 나의 지난날
항시 외로웠어

속 울음을 삼키면서
가난한 시인은 고니를 생각했었어

그러나 이젠 미워하지 않을 테야
지친 몸 창에 기대며
다시 볼 수 없는 고니에게
쓰러지고 넘어져도
흥얼거림

그게 고니야

가난하지 않은 시인은
나밖에 없어

용서

지나간 일이고 많이 흘렀으니
잊고 용서하란다

그래 나도 하고 싶다
껌딱지처럼 붙은 지저분한 거
깔끔하게 정리하고 싶다

그러나 나는 성인군자가 아니고
그다지 착한 놈이 아니기에

아물었지만
상처의 흉터 볼 때마다
뜨거워지는 복수심은 견딜 수 없어

마음속 상상
찌르고 또 찌른다
갈갈이 찢어 죽인다

그게 나의 용서
너에게 보내는 애정
현실에서 맛보는 지옥의 세계
그게 너이기를 바라며

오늘도 용서한다

칼 갈며

나의 인문학

나는 책을 보지 않는다
아예 보지 않는다

보면 볼수록
나도 모르게 그게 인용이 되어
짜깁기가 나와 그럴싸하나
창작에 전혀 도움이 되지 않는
본질과 다른 물타기 시(詩)

그냥 소소한 하루
스치며 보고 느낀 것
일기 적듯 마음의 글로 옮기며
가식 없는 일상을 표현하고 싶은 게
나의 시작(詩作) 기준점인데

인문학을 배울수록, 책을 읽을수록
뻔지르한 미사여구
의도하지 않는 허위

그냥 겉보리처럼
덜 깎은 7분 도미처럼
많이 거칠고 꺼칠꺼칠한 것이

그게 나의 본질

내가 추구하는 인문학

모순(矛盾)

공동의 상식에도 틈이 있다

같은 몸에서도 말과 몸이 다른 자가당착(自家撞着)
한 이불에 같이 잔다 해서 내 마누라인가?

추위 속에 숨어있는 온기
사바나의 시퍼런 서슬 속 한기(寒氣)
누구는 취(取)하지만 누구는 내어준다

당연이라 하면 자연스런 순리

답이 없는 정답 속
새맷가에는 물이 메말라
모순이 되어버려…

역고드름

중력을 뚫고 솟아난 기적
안 될 것 같아도
일어나지 않을 것 같아도
기적은 존재해

죽지 않고 도태되지 않으면
나에게도 찾아오는 거야
역고드름

벌초

똑똑한 놈 바빠서 안 오고
멍청한 놈 문중 행사에 관심조차 없고

어중이떠중이들 모여
벌초를 한다

사는 게 어떻노
아픈 데는 없나?
영혼 없는 안부로 시작하여 요란한 굉음 소리

돌아가는 예초기에 숨소리가 따라가고
진이 빠진 땀방울에 하늘이 빙빙 돌고
붕알이 덜덜 떨리며 다리가 풀릴 때쯤
겨우 끝나는 연례행사

조상이 있어
벌초할 데가 있다는 것에 감사하며
식당에서 먹는 막걸리 한 잔에
음덕의 소중함을 다시 한번 생각한다

거마비 5만 원
태우러 온 마눌에게 빼앗겨도

기분이 깔끔하고 시원한 느낌

올해도 숙제 끝

별거 아니라고

예상치 않는 소나기에 흠뻑 젖어도
별거 아니라고
등 뒤에 꽂힌 수많은 화살
별거 아니라고

수많은 별
수많은 고통
수많은 아픔
오는 것도 많지만
떠나가는 것도 많다고

파도는 포말이 있어야 하고
바람은 폭풍이 있어야 하고
초는 촛농을 흘려야 되듯

나의 삶에 오가는 고난은
보통명사임을
별거 아님을

보통의 존재

응달진 구석
바람마저 찾아오지 않는 곳에
존재감 없이 자라
눈길 한번 받지 않았지만

시드는 것 외엔
할 수 없었던 척박함에서
까치발 들고 포기하지 않은 희망에
먼발치 빛이 찾아와

그나마 보통 정도가 되어
이름을 겨우 얻어
잡초에서 야생화로 변신한 기적

보통으로 살아간다는 것
평범하게 산다는 것에 감사
남들은 별거 아니지만
나에게는 대단한 것

보통의 존재라는 게

대변항

정월 초하루
뜬금없이 대변항이 어케 생각났는지 몰라
끼룩끼룩 갈매기 울음소리
묵은 때 벗겨버린 파도 소리가
갑자기 왜 내 가슴에 들어왔는지 몰라

전망 좋은 카페에서
손때 묻은 시집 읽으며
고장 난 영혼 보링하는 충전의 시간

아직도 이해 못 한 슬픈 과거를
방도(方道) 찾아 통통통
떠나가는 낡은 배에 실어 보내는 새벽녘
갑자기 내 가슴에 대변항이 바보같이 들어와
파도치고 끼룩 울고 떠나보낸 과거를 씻어
뜨거운 라떼의 달콤함에 껶어 부르는 트로트
어울리지 않는 부조화 속의 조화

정답이 없는 인생을
대변항은 알고 있을랑가 몰라

누가 나에게

요즘 사는 재미가 뭐냐고 물으신다면
52번 sport 2 손흥민 골 모음
보고 보고 또 보고
수없이 보아도 질리지 않는
화려한 액션에 카타르시스가 나와
유일한 나의 삶의 활력소

지친 하루 끝내고
시원한 캔 맥주와 함께하는
나의 영웅 손흥민

누가 나에게
사는 재미가 뭐냐고 물으신다면
씩 웃으며 말하리라

재미있는 게 있습니까?
이 시기에-

절대 말하지 않으리라
나만 고이 간직한 채
숨어서 살짝살짝 보리라
52번 sport 2 손흥민 골 모음

이사 전날

맥주를 먹고 있는데
내일 이사 가는데 언제 집에 오는지 전화가 왔다

파도의 포말처럼
부드러운 거품이 입술을 적셔 오는데
마누라는 빨리 오라 닦달을 한다

집에서 있으나 마나 한 형체 없는 그림자이지만
그래도 법적으로 가장인데
의논 한 번도 없이 혼자 결정하고
혼자 도장 찍어놓고는
빨리 들어오란 것이 웬 말이냐

따라오라 하면 갈 것이고
오지 말라 하면
맥주나 먹고 소주나 먹고
바다 한 잔 내 한 잔
내 목숨보다 귀한 윤동주 시집 가슴에 품고
혼자 그리 살 것인데

나와는 상관없는 행사에 초대하는 님이시어
빨리 간들 내가 할 일 뭐 있으려나

두 병이나 남은 맥주
옆구리 터진 새우깡

바다는 울고 있고
바람은 바보라 하고
나는 헤맨다

파도에 새우깡마저 떠내려 가버린
쓸쓸한 이사 전날

현고학생부군신위

아무리 오래 산다 해도 남은 수명 30년 전후

누구는 금고 이사장 되고
누구는 시청 간부 되고
상태 안 좋은 어떤 새끼조차 단체장 되어
죽으면 지방에 감투 달 것인데

한평생 죽자고 노력하며 살아온 내 자신이
감투 없는 학생부군으로 제삿밥 먹기가 억울해
스스로 감투를 만들려고 하니 딱히 내세울 것이 없다

개발사업이 주 직업이어서
디벨로퍼 부군신위?
이름 없는 상장주 발굴하여 대장주 만드는 재주로 주식부군신위?
아파트 시행하다 쫄딱 망해서 쫄망부군신위?
오뚝이처럼 일어나 재기하여서 오뚝이부군신위?

민망할 정도로 이 사회에 기여도가 없고
지나온 흔적마다 부끄러움만 가득하여
그냥 학생부군으로 마감하려 한다

평범한 그릇으로 태풍같이 살아온 인생

평생 배워도 감투 하나 달지 못한
학생부군이 걸어온 삶

비록 초라할지언정

나의 고독(ma solitude)

나는 나 자신의 고독과 늘 함께였지
혼자 있을 때
외로움이 사무칠 때
항시 곁에서 토닥였었지

그래서 고독은 친숙한 습관처럼
내 침대에 나와 함께 누워
내 공간을 함께했지

사랑이 생기고
애기가 생겨도
고독은 나를 떠나지 않았어
항시 주위를 맴돌며
함께 있어줘
나는 외롭지 않아

흘린 눈물만큼 같이한
영원한 나의 동반자
나의 사랑

ma solitude

아주까리

너희들은 날 모르지
물론 궁금한 것도 없겠지

변두리 관심 밖
용도 폐기된 쓰레기장
그 토대에서 익은 먹물색 열매
그게 나야

초대받지 못했지만
붉지는 않았지만
천대받은 색으로 하늘 향한 열정
누구도 알지 못한 가면 속의 눈물

진정으로 웃은 적 없어
실실 없는 허허도 아니지만
허허실실도 아닌 채

하늘 향해 꿈을 키웠어
잡초 속에서

잃어버린 고향

뿌리는 있는데 줄기가 사라져

붙어 있을 때가 없는 이파리는 붕붕 허공을 날다가
바람 부는 언덕 척박한 곳에 떨어져
겨우 목숨만 부지한 채 떠나온 고향 그리워했다

언젠가는 뿌리 찾아가리라
줄기가 되어 꽃을 피우겠다는 각오에
고향 바라기로 살아온 세월

아---
그러나 그게 아니었음을
내 마음뿐이었음을

묵은 뿌리보다
새로 생긴 뿌리가 강해진
세월이 만든 변화는 유감이 되어버려
간간이 이어왔던 공유마저
꿈과 이상을 맞추기엔 사이클이 틀려버린
내가 만든 토대에 적응된 자아의 시각에
추하고 초라해져 버린 그리움

조출타향 이파리가
고향을 잃어버린 사연

홀씨가 되어버린
부질없는 슬픈 이야기

이종환의 밤의 디스크 쇼

1981년 9월 8일 밤 11시
이종환의 밤의 디스크 쇼가 시작되는 그 시각
나는 뭘 하고 있었을까?

만덕동
늙은 쥐가 졸고 있던 단칸방 다락에서
잡음을 피해가며 겨우 맞춘 채널을 부여잡고
기적을 기도했으리라

만들 수도 없었던 웃음을
그릴 수도 없었던 희망을 찾으며
긴 밤 지새웠던 고등학교 졸업반

발버둥 치고 발버둥 쳐
겨우 빠져나온 절망의 늪
의도적으로 망각하며 오랜 시간 흐른 뒤
우연히 유튜브에서
다시 만난 그때 그 시절

많이 익은 세월 속의 내가
1981년 9월 8일 밤 11시를 부여안고
도태되지 않고

죽지 않고 살아온 것에 감사해
스스로 위안하는 감사의 기도

절망 속에서
희망의 끈을 잡고 몸부림쳤던
한 소년이 들었던
이종환의 밤의 디스크 쇼

기수물

여산송 원윤공파 동주공 기장문회 덕발문중 종손이
예수를 믿습니다
할렐루야 찬양합니다

교회 다니는 놈이
제사를 지냅니다
조상의 음덕을 감사히 여기며
지극정성 절을 합니다

이율 배반 속 어찌할 수 없이
바닷물, 맹물 왔다 갔다 하지만
옳고 그름을 따지기엔
나의 의지가 확고해
스스로 만든 기수물에서
적응하며, 절충하며 살고 있습니다

어느 날 택함을 받아 하나님을 영접함에
성령의 충만함과 안위를 느끼면서
걸음마보다 먼저 배운 절
빼도 박도 못할 의무감으로 지내는 제사 또한
피할 수 없는 기쁨
내가 사는 이유입니다

절충 속에서 만들어진 기수물에
물고기 한 마리

왔다리 갔다리
잘 살고 있습니다

숨겨둔 것들

남모르는 나만의 비밀을 보따리에 꽁꽁 묶어
가슴 구석 숨겨두었습니다

기쁨, 슬픔, 부끄러움 알리고 싶지 않은 자랑
어쩌면 소소한 일상, 어쩌면 경악할 사건

그땐 중요하여 재빨리 넣었었는데
시간이 지나니 별거 아닌 게 되어
용도 폐기된 것도 있고
때론 그 비밀이 아직도 트라우마로 남아
괴롭히는 것도 있습니다

숨길 수 있다는 것
가슴 깊이 담아놓고 혼자 간직한다는 게
각질처럼 의미 없는 부질함일지라도
소중한 한때의 흔적

나만의 보따리
숨겨둔 비밀을 한 번 더 매듭지어
행여 누가 알까
누가 볼까
꼭 품어봅니다

바람

누가
목덜미를 툭
지나가는 나를 세웠다

바람이 송달한 단풍잎 하나

변색된 죄
떨어진 죄
고독한 죄

빨간 줄 내용증명에
답장을 해야 되나 말아야 되나
내 마음도 모르는 웃기는 바람

답신 안 한다고
2주 뒤
확정되는 건 아니겠지?

터닝포인트

고비 때마다 뭔가를 결정해야 했습니다

빽이 꽉 차 골치 아픈 것
리셋 버튼 눌러 지워버리고
7년 매미 유충처럼 땅속에서 고뇌하다
새로이 시작해야 했습니다

사는 게 그리 녹록하지 않아
서울 쥐의 불안감이 항시 있어
겨자씨보다 못한 믿음으로
하나님께 통성기도 하지만

시련과 고통은 항시 주위를 맴돌고
어느 쪽에서 폭풍이 올 줄 몰라
어디로 방향타 돌려야 할지
갈피를 잡을 수가 없었습니다

결정은 책임인데
책임은 누군가의 생명 줄이라
매사가 조심에 또 조심

작두날 위에서
터닝포인트 잡기가 두렵습니다

푸푸레아 사랑초

봄이 왔건만 마음은 녹지 않아
과감히 밭을 갈았어요
뜨거운 물에 몸 담그며
억지로 만든 땀으로 봄을 맞았어요

긴 이랑 만들고
아지랑이도 초대한 후 뭐 심을까 고민하다가
사랑초를 심었어요

화려하지도 큰 존재감도 없지만
낮은 곳에서 배시시 웃는 게 내 마음 같아
알록달록하게 나름 꾸며봤어요

살아오면서 사랑 별로 받은 게 없어
사랑 남에게 줄 줄도 몰랐는데
사랑초 엄청 심으니
내 가슴 긴 이랑 사랑이 넘쳐 났어요

미운 마누라
갑자기 예뻐졌어요

봄은 봄인가 봐요
내가 변한 걸 보니

요행

이게
나에게는 없었습니다

오로지 한 것만큼
때론 해도 안 되는 것도 많았습니다

모든 조건이 불리하여
정할 수도 없는 기준점에서 닥치는 대로 시작을 하고
쭉정이 몇 개의 수확에 연명하며 살아온 세월

가난했지만
비굴하지는 않았던 나의 자존심
끝에라도 매달려 시류에 따라가는
악착같은 근성

나에게 오시기를
입에 떨어지기를 기다리지 않고
먼저 삽질했던 대책 없는 용기

멸시 천대 속
견디고 이겨낸 나의 질경이는 밟힐수록 번져가
없는 요행을 스스로 만들어

하늘 향해 꽃을 피웠습니다

비록 엉성하지만
나에게는
소박하고 아름답습니다

죽지 않고 도태되지 않은 게
요행입니다

무상(無常)

거래처 김 과장
다섯 살 아들을 남겨두고 40 가장이 돌연사했다
갑자기 멍해지고 소름이 돋더니 멘붕이 왔다

소외된 조직의 인간관계에서 오는 모멸감과
과중한 업무의 스트레스가 지병보다 무서워
잘 있어라 인사도 못 한 채 자던 잠에 사라져 버려
아들 같고 조카 같았던 놈
떠나보내려 하니 참 힘이 든다

무상(無常)이다
덧없는 인생에서 엮어진 관계에
익지도 못한 채 낙과되어 버린 자연의 순리가
하필 내가 되고 내 주위가 되어
남은 자의 슬픔으로 돌아와
거슥한 기분에 먹은 소주는 취하지도 않아
별이 된 인간을 찾으려 밤하늘 올려다보니
내 마음 같은 먹구름만 가득하다

무엇이 급했는지는 모르겠으나 편히 쉬어라
가족 걱정하지 마라 산 사람은 살아진다
잡초의 뿌리가 되어 더 강건해진다

인간은 망각이라는 좋은 것을 가지고 있어
차츰차츰 잊어지고 희미해지더라
존재의 의미는 산 자의 전유물
사라진 것에 대한 그리움은 가끔 꺼내어 보는 기억
스쳐 지나가는 영화의 한 장면일 뿐이지

잘 가라 김 과장
가끔 망각의 기억에 먼지를 닦으며
한때의 인연 생각할게

순수의 시절

33번 버스 종점 앞 포장마차
허둥지둥 막차 탄 사람들이 내려
전주(前酒)가 모자란 취객들은
담치 국물과 고갈비에 한잔 더

초면이면서 자주 본 듯한 옆자리와
급조한 일행이 되어 세상을 논한다

6.10 항쟁이 어떻고
전두환이 어떻고
노태우 김영삼이 나오고
김대중까지 나오면
좌우가 갈라지고
경상도 전라도가 선이 그어진다

와장창
잔이 날아가고 의자가 디비진다
용맹 없는 자들이 소주의 힘을 빌려
세상을 바꾸고 있다
나서지 못했던 겁쟁이도
이때만큼은 내가 민주 투사
나와 맞지 않으면

너는 빨갱이 전라도 새끼

경찰서 유치장서 1박하고
부전역 앞 즉결 심판소
벌금 3만 원
몸으로 때운다

정부가 주는 도시락 특식 먹고
보리 방귀 몇 번 뀌고 나면
3일은 지나간다
금방 지나간다

용기 없던
나의 항쟁기

순수의 시절
그때

상처

칼자국이 너무 많아
불면으로 지샌 밤

잊은 줄 알았던 과거가
떠난 줄 알았던 기차가
다시 돌아와

흉터를 다시 한번 보니
떠난 그대 벌써 와있다

별거 아닌데
사는 게 별것이 아닌데
그 시절 그때 왜 그랬을까?

아등바등 질 수 없는 자존심
지나고 나니 아무것도 아닌 일에
목숨 건 이유는 무엇 때문이었을까?

다시 심어진 나무 빽빽한 숲을 이루어
더 이상 그대의 틈이 없지만
그대라는 종착역은 사라졌지만

번개처럼 흘러간 세월에
훈장으로 남은 흉터 많은 상처

그대에게 다시 고하는
영원한 안녕

3월 23일 비

소나기 같은 봄비가 내립니다
갈라졌던 대지는 해갈이 되고
청보리는 푸름을 더하고
수명 다한 목련꽃은
내년을 기약하며 떨어집니다

겨우내 너무 목이 말랐습니다
타는 목을 부여안고
절망 속에서도
언젠가는 올 봄을 위해 정신줄 놓지 않았고
가슴 속 겨자씨 잃어버리지 않았기에
죽지도 아니하고
도태되지도 않았습니다

이 비가 희망입니다
곧 초록이 진해질 것이고
꽃은 풍성히 피울 것입니다

이겨냈었고
결국은 성공했습니다
목마른 고통이 있었기에
지독한 추위가 있었기에 가능했습니다

과수원 거름 넣어야 하고
사과 막걸리, 사과빵도 만들어야 하고
전원주택도 계속 지어 분양해야 합니다

할 일이 많다는 건
축복입니다
은혜입니다

2023년 3월 23일 목요일
생명의 봄비가 내립니다

3월 24일 벚꽃이 만개하다

새벽
창 너머 온 세상이 하얘
눈이 내린 줄 알았어요
지난겨울 끝자락을 놓지 못한 나에게
마지막 인사인 줄 알았어요

동트려면 아직 멀었는데
박하사탕보다 더 환한 그대가
이젠 새 시대가 왔으니
잊을 건 잊고 맞이할 건 맞이하라 합니다

소리 없이 다가온 당신
먼저 눈으로 맞이한 후 마음으로 맞이하여
정(情) 들려 하면 떠나시겠지요
파란 속살 차표 한 장 내보이시겠지요

잃어버린 사랑에 나는 또 다른 그리움을 잉태하며
새벽 장닭 긴 울음소리 마냥 그리 슬퍼하겠지요
모진 사랑 되어 흩날리겠지요

항시 그래왔던
나의 사랑처럼 말입니다

개나리

항시 외로웠다
너 필 때쯤

목련

목련이 피었고

청보리 순이
지난 허울을 덮을 만큼 자랐습니다

이맘때 떠난 그대
잘 살고 계신가요?

그날 살짝 추웠습니다
마지막 잡은 손이 차가웠습니다

목련나무 아래에서 잘 가라
다시는 보지 말자
마음에 없는 말을 했었지요
마지막 인사였습니다

많은 세월 흐른 후
의도하지 않았는데 그때 그 자리
성산포 목련나무 아래 서있습니다

어쩌면 그대가 아직도 있을 것 같아
주위를 기웃기웃하며 추억을 찾아봅니다

긴 머리 바람에 날리며 눈물짓던 소녀는 어디에 있을까요?
목련꽃 같은 가녀린 소녀는 어디에 있을까요?

파도가 그리움 되어 밀려옵니다
눈감고 양손으로 가슴 껴안아 봅니다

소중한 추억을 꺼내 향수에 젖어있는데
무시무시한 어떤 여자가 나를 부릅니다

여보
제주도까지 와서 목련나무 아래서 모 하는교?
빨리 와 차 시동 켜 온도 올리소
봄 날씨가 와 이리 쌀쌀하노

아---
그때 그 여인이 그립습니다
목련꽃 같은 소녀가 그립습니다

그때 내가
성질 죽였어야 했습니다

아카시아

나쁜 년
그렇게 떠났다

잘 가라
아프지 말고
슬퍼하지도 말고
언 놈인지 모르지만
그놈 품에 잘 살아라

지랄 같은 아카시아

씨팔
가끔은 그리워해라

봄

겨우내 수많은 고통의 밤
나는 절망을 했었어

하루하루 불안해하며
겨우 잉태한 꽃잎
삭풍에 베인 고드름 같은 눈물이 녹아
뚝뚝 흘러내리며
어디엔가 숨어있을 분홍을 찾으며

졸졸졸 물소리에
절망을 실은 고통의 배는 떠나가고
흔들린 나무에서 꽃이 필 때

단비가 어깨를 적시고
훈풍 속에 꿈을 만나
이젠 잊을 수 있다고
추위는 물러갔다고

배꽃이 지다

고모 시집가던 날

예쁜 내 고모
뒤 등 먼지 재 넘어
가마 타고 시집가던 날

동구 밖 아그배나무
흐트러진 봄바람에
눈물처럼 꽃비가 내려

옆집 머슴 벙어리 삼용아재
순하디순한 삼용아재
늙은 암소로
팬시리 이랑을 갈며
이랴 이랴 채찍질하며
흘리는 눈물

연지곤지 예쁜 고모
가마 타고 시집가는
길목 사래밭
어이어이 울부짖는
쟁기질 소리

밤새도록 이랑 치는
슬픈 목소리

배꽃 떨어지는 소리

찔레꽃

5월 햇살
그 따사로움에
아버지가 앞서고 엄마가 뒤따라

저편 너머 뒷동산 흰 찔레꽃
생채기보다 더한 아픔으로
참 소담히도 피었네

세상이 깨어버린 틀에
주체못할 분노가 만든 아지랑이

삶은 원래 그런 거라고
소중한 거는 빨리 사라지고
여운처럼 남은 고통은 환각이 되어
미치도록 아픔을 준다고

그리하여 스스로 만든 가시는
배시시 웃는 흰 꽃을 바람에 날리며
나란히 손잡고 떠나가신
저 푸른 하늘에 한(恨)을 꼭꼭 심으며
산 사람은 살아야기에

찔리면서 찔레는 꽃을 피우면서

고통을 즐긴다고…

꽃비

곡해봐라
아이고 아이고 해봐라

대나무 지팡이에
누런 삼베 상복 입은 소년은
눈물 마저 마른 소년은
아침 굶고 도시락 없이 학교 간
누이 걱정만 했다

만장도 없이 앞서가는 상여
뒤따르던 그 길에
하늘은 너무 맑고 싱그러워
꽃비가 별빛처럼 내리고
찔레꽃
하얀 찔레꽃
바람에 누운 길섶

수십 년 지나
꽃비 내리는 날
하늘은 여전히 맑고 싱그러워

소년은 이제야 아이고

아이고

굶고 등교한 누이와
곡할 용기 없던 소년의 기억

삼복더위

새맷가 담가놓은 수박 짜개 놓고
평상에 앉아 모깃불 연기에 눈물 흘리며
빨간 속살 씨 고를 틈도 없이
한 조각 더 먹으려고 게눈 감추듯 하모니카를 불고

밤(夜)도 익지 않았는데 아버지는 초저녁 술에
천둥 같은 코를 골며 대청에 주무시고
밉다 밉다 하면서도
모기에 물릴세라 어머니는 연신 곁에서 부채질이다

산 너머 마른 벼락 우르르 쾅쾅
말도 안 되는 5촌 아재의 괴담 이야기
거짓부렁인 줄 알면서도 오므라지는 간담에
붕알은 쪼그라들고 어깨는 서늘하다

진공 라디오에서 흘러나오는 법창야화 강진 갈가리 사건
무서워 귀 막고 들을 즈음
한 놈씩 한 놈씩 눈꺼풀 무게에 널브러지고
까실까실 모시 이불 어머니의 사랑에
삼복더위는 지나갔다
언제 왔다 갔는지도 모르게

더위

모바일 청첩장이 왔다
작년 이맘때 헤어진 여친 결혼한단다

헐
나는 아직 마음 정리 다 못했는데

그녀에게 선물한 샤넬 가방
24개월 할부
아직 반도 끝나지 않았는데

때 이른 6월 더위
더럽게 덥다

백일홍

덥긴 더웠다만은
꽉 막혀있는 것 많았다만은
세월 앞에 장사 있나?
결국은 떠나가고 사라지는 것

붉은 백일홍
백일동안 붉게 있을까?

내 마음 벌써
찬 바람 불었는데

내 인생의 가을

가을이 왔습니다

오류투성이인 단풍은 차가워진 세상에 물들어
아직 남아있는 초록의 꿈이
얻지 못한 나의 평화가
별거 아닌 흔적이 생각을 깊게 만들고

원칙조차 깨어져 공식을 벗어난 함수는
기형이 정형화된 현실에 길들여진
또 하나의 변증법적 속
혼자만 풀 수 있는 수식이 되어

뜸 들이지 못하고 울어버린 가마솥마냥
나를 찾아가는 인생은 설익은 채 색깔이 변해가며
차츰차츰 식어버리고
자꾸 슬퍼지고 그리워지는 계절 속으로 들어갑니다

살아남기 위해 짠물 먹고 자맥질하며
힘들게 견뎌온 계절이 만든
피 토하는 단풍이 나의 가을입니다

눈물 나는 계절입니다

쑥부쟁이 아버지

가장 맑은 강(靑江理) 돌다리 옆 양지바른 곳에
가을이 되면 파란 꽃이 피어났습니다

소년은 궁금했습니다
왜 우리 집은 가난할까?
왜 우리 아버지는 무능할까?
나는 커서 무엇이 될까?
돌다리 옆 파란 꽃 이름이 뭘까?

꿈이 있었는지
꿈을 갖고 살았는지
꿈을 이루었는지는 모르겠지만
바삐 살아온 세월

미로처럼 막힌 인생 돌고 또 돌아
수십 년을 헤맨 후 출구 앞에서
겨우 쑥부쟁이라는 이름을 알아
파란 꽃이 왜 가난했는지
왜 무능했는지를 겨우 이해했습니다

이름을 얻기까지 고달팠던 잡초의 인생이
쑥부쟁이로 피어난 가을은 맑고 청아해
45에 일찍 가신 아버지가 그립습니다

낙상홍

아버지는 가을을 보지 못했습니다
빨갛게 익는 걸 보지 못하였습니다

당감동 화장막 절구통에 곱게 부숴
남겨두고 떠나가는 미련에 핏빛 한(恨)이 서려
가을을 기다릴 수 없었습니다

낙상홍은 저리 예쁘게 잘 익었는데
한 번도 품어보지 못한 가을 속의 아버지가 가끔 생각나
파편처럼 박힌 그리움을 만져봅니다

너무 일찍 떠난 낙상홍 내 아버지
살짝 그립습니다

가을

화려한 색채로 외로움 고독 쓸쓸함을 품고
긴 침묵 속 식어버린 들판에 피어난 억세꽃은
떠날 때가 되었다고 묵은 과거 털쯤
항시 그곳에 있는 높은 산은 다짜고짜
단풍을 그렸습니다

살아오면서 참 많이도 방황했습니다
무엇인지도 모를 진리를 찾아 헤매며
펄럭이는 감성 하나로
뜻도 없고 내용도 없고 실속조차 없이
혼자 그리 세상을 살다 보니
겉은 웃고 있었으나
가슴에는 항시 비가 내렸습니다

그러나 이젠 익어야 할 때입니다
차디찬 이성을 맞이해야 됩니다
외로움 고독 그리고 쓸쓸함으로
이 가을에게 길을 물으며 진리를 찾아야 합니다

떨구고 버리고 비우며 소유하지 않는 게
또 하나의 내 것임을 느껴야 합니다
미련은 사치입니다
가을에는 말입니다

가을 2

가을에 어울리는 낱말 하나 찾으려
온 산을 헤맸으나
마땅한 걸 찾을 수 없어

양지 녘 낙엽 위에 누워
하늘과 맞닿은 먼 산을 보니
구불구불 걸어온 길에 단풍이 들어

꽃피던 봄날 청보리의 풋풋함을
아직도 기억하고 있는 가슴에
추억이라는 것이 살짝 날아와 앉아

그래
이 가을에 어울리는 낱말은 추억인 거야
완행열차 타고 간이 역마다 내려 쌓았던 흔적
통곡의 강물 속
견디고 버텨왔던 자존감에 숙성된 이파리
가을은 붉음으로 마무리하지
그리고 꿈을 꾸는 거야

다시 올 봄을 기다리는 거야

가을 3

건드리지 않았는데도
왈칵 쏟아져
우수수 떨어져 버려
아직 회계도 못 한 죄를 끄집어내니

신은 공평하지 못하다 하고
불평 많은 나의 믿음으로 통성 기도를 하나
찬바람은 벌써 불어
동면 준비에 바쁜 참회는 새빨간 거짓말
한마디로 모든 게 위선

가을은 고통
떠날 수 없는 푸름이 서럽게 익고
높아지는 하늘에 밤은 자꾸 길어져
관절병 걸린 홍시가 붉은 게 좋다 한들
언제 떨어질지 모르는 불안감은 입 벌리고 기다리는
돗자리 깔고 누운 세월 때문인 것만은 아닌 듯

바람은 차고 눈물은 메말라
더 이상의 참회는 의미가 없어
말라버린 낙엽은 억울하다 하지만

너그럽지 못한 가을은
벌써 해고 명단 만들어 놓고 채색해 버려

아무 말도 못 하고 바보처럼
가만히 있어야 됨을

홍시

어디서부터 이야기를 시작할까요
홍시를 많이 먹어서 답답해진 것 같은 가슴
단풍도 목까지 내려와
사실을 이야기하라 합니다

기억하기 싫어서 잊고 사는데
떠난 님 생각날까 근처에도 가지 않는데
이놈의 계절이 먼지 나는 과거를 끄집어내니
그대와 걷던 그 길에 내가 서있어
환영할 수 없는 그 사랑이 와있습니다

매사가 어렵고 힘들었습니다
그냥 쉽게 넘어가는 것이 없었습니다
붉음에 대한 경쟁
얄팍한 자존심
그것이 전체가 되어 색 바랜 낙엽이 바람에 날려
떠나간 상처
그게 전부입니다

지랄 같은 건 내가 그 사람보다 더 많이 사랑했었다는 것과
그게 바보 같은 집착이 되어 너무 힘들어 얼룩이 져
많이 울었다는 겁니다

캄캄한 어둠 속에서 미칠 것 같았던
그때 그 사랑 이야기

옛날 생각에 기분이 안 좋아
홍시 두어 개 더 먹어야겠습니다
먹어도 답답하지 않은 홍시는 없을까요?

11월

철길 같았다

가까이 있어도
만나지 못한 채
그리워야 했던 계절

겨울 금정산

추억을 간직한 낙엽은
떨궈진 상처를 아물지도 못한 체
양지바른 모퉁이에 오롯이 모여
한때의 푸름을 이야기 하나
다 부질없는 것

지나온 자취에 미련조차 없는 나무는
이미 다른 사랑을 품고 서둘러 잉태해 버려
어느 누가 불러도 절대 뒤돌아보지 않아
이제야 끝남을 깨달은 낙엽은

뿔뿔이 흩어져 바람 부는 대로 떠나가
텅 비어버린 겨울 산

미련은 미련으로 끝나야 하는 것
댕강 내려쳐야 상처가 적은 법

겨울 금정산
많이 춥지 않은 것은
많이 버려 가벼워져
품을 수 있는 희망이 많다는 것

나처럼

비 오는 겨울날

추적추적 겨울비 오는 날
어느 집 부뚜막 위 앉은뱅이로 걸터앉은
가마솥을 통곡게 하는 군불을 지펴
굶주린 냉기를 데우고 싶다

차디찬 심장에 뜨거운 물 한 바가지 쏟아붓고
막 출발한 겨울행 완행열차 타고 떠나는 여정

영혼이 없다 해서 죽은 것이 아니고
움츠린다 해서 끝난 것이 아닌
절망 속 냉기에도 새순은 숨어있어
언젠가 종착역 다다르면

겨우내 데워왔던 아랫목 온기
숨어있던 초록에게 건네주며
싹 틔울 준비 하라고
두부모 자르듯 깨끗이
절망의 통곡은 끝이 났다고

가마솥 눈물이
실핏줄 같은 끈질긴 이어짐으로
절망 또한 새로운 생명이 되는

터지는 환희였음을

비 오는 겨울날에 만난
기적 소리 울리며 떠나는
새로운 희망

겨울 바다

언제는 계획을 가지고 살았습니까?

기장서 거나히 한잔하고 대리 불러 집에 가던 중
철마 칼치 고개 지나다
갑자기 보고 싶어 차를 돌리라 했습니다

뜬금없이 보고 싶었습니다
월전 방파제 끝에 차 세우고
파도가 밀려오는 데까지 걸어갔습니다

쪼그려 앉아 겨울 바다에 손 담그니
멀리서 온 파도가 갑자기 어색해
그리움은 어색함으로부터 시작한다는
옛 여인의 말이 생각나 픽 웃었습니다

민감하기에
낯 두껍게 살아야 하는 이율 배반은 지금의 나(我)
꿈과 현실이 다른 two door 삶

억지로 살고 있다고
죽지 않으려고 견디고 또 견딘다 하며

겨울 바다에게
그래도 그대가 있기에
꽉 막힌 것 부셔주는 그대가 있기에
외로우면 찾을 수 있는 그대가 있기에
감사하다 하며

시원히 고함 한 번 지르고
뒤돌아섭니다

계획 없이 찾은 겨울 바다
참
거슥합니다

첫눈

한 줄 시(詩)에 기대어 살면
올겨울에도 첫눈이 온다기에
언제 올까 기다려 봅니다

뜨거운 여름에도
단풍이 아린 계절에도
아픈 복사꽃 소리 들으며
기대어 온 나의 시(詩)

첫눈이 나비릴 때
방앗간 시루떡 가루가 떨어질 때
비로소 목소리 트이는 통성기도
알리알리 나마 사막다니
(주여 주여 왜 나를 버리시나이까?)

버려져야만 겨우 지난 허물이 덮이는 한시적 유예
기도는 비는 것이 아니라 비우는 것이기에
한 줄 시(詩)에 기대어 살면
올겨울 첫눈은 풍성할 것 같아
몹시 설레봅니다

내가 1월을 좋아하는 이유

굳은살처럼 겹겹이 쌓여
한 치 앞도 보이지 않지만

꽁꽁 얼어버려
죽어버릴 것 같아도
어딘가 숨어있는 새싹

쓰러지지 않고
부러지지 않고
견디고 견디다 보면

봄이 올 거야
따뜻한 온기가 돌고
꽃이 필 거야

시련이 있었기에 아름다운 인생
그게 나야

내가 1월을 좋아하는 이유야

동백꽃

간밤에 그리 슬피 울더니만
동박새가 죽었다

선홍색 울음소리
이제 어디서 듣나

그녀는 떠나갔고
동박새도 사라져

떨어질 줄 알면서도
꽃을 피운
한때의 깊은 혼돈

이때까지 누가 나를
사랑한 적이 있었나

아프다

꽃

지는 게 두려워
피울 수 없다면

저무는 게 두려워
뜰 수가 없다면

나는
올 수조차 없으리라

갈 때 가더라도
시작해야 인생이지

기억

분명히 아버지 옆에 다른 여자가 있었다
두런두런 말소리가 나더니만
야릇한 신음소리, 들썩이는 이불 때문에 신경 거슬렸으나
싸움하는 것 같기도 하고 눈뜰 용기가 없어 그냥 잠을 청했다

부암동 철도공작창에 근무하신 아버지는
목욕 시설이 빈약했던 그 시절 일주일에 한 번 정도
나를 데리고 출근해서 뜨거운 물 철철 나오는 회사 목욕탕에서
깨끗이 씻기고 난 후
근처 중국집에서 짜장면 한 그릇 먹고
골목길 한참 걸어 올라 막다른 집 아래채에 나를 재웠는데
(그때 너무 어려(3~4살) 몰랐는데 지금 가만히 생각해 보니 아버지 첩
사이 집)
그 집에만 자면 아버지하고 이상한 아줌마하고 밤새 싸움을 하여
목욕하러 아버지 따라오기 싫었지만 짜장면이라는 어마무시한 유
혹과
다음 날 기차 타고 기장역 내리면 엄마한테 절대 이야기 말라시며
10원을 손에 꼭 쥐여주시던 평소에 하지 않던 인자하신 눈길

도대체 뭘 이야기하지 말라는 것도 모른 채
그날 나와 아버지와의 비밀을 아직도 간직하고 있으나
요번 벌초 때에는 엄마에게 그 사건 일러바쳐

구천에서 부부싸움 하게 만들까 하는 생각

세월이란 게 묘해 나이 먹을수록
기찻길에 피어난 아지랑이같이 아롱다롱 가물가물하며 피어난 옛
기억이
어제 일처럼 생생해
어려서는 몰라서 몰랐고 커서는 순진해서 몰랐던 사건을 기억해 봅
니다

복국

이불이 덜석덜석
또 싸운다

술 먹는다고 싸우고
노름한다고 싸우고
맨날천날 싸우더니
새벽닭 우는 이 시각
엄마 목 조르는지
소리가 이상하다

씨팔
어찌 하루도 안 빠지고 싸우나?

근데
아버지 아침상에 복국이 올라와 있다
육수 우려낸 물
무우 넣고 복어 넣어 뽀얀 국물에
밥 먹는 저 인간 뭐가 좋아
밤새 두드려 맞고
복국을 끓일까?

엄마는

참

바보다

엄마 제사

엄마를 불러보니
저 먼 곳 조그마한 점 하나가
내 가슴에 들어와 별이 되었습니다

엄마하고 외치니
파란 하늘이 초록색과 섞여
강물이 되어 흐르고
찔레꽃 향기에 그리움이 피어납니다

5월 싱그런 이 계절에
엄마는 떠나셨군요
이 계절은
그리움이란 가시가 있어
나의 애간장을 콕콕 찔러
항시 아프답니다

엄마
임랑댁이 내 엄마
무식했던 내 엄마
그러나 등불이었던 내 엄마
물결처럼 잔잔한 내 엄마

이 좋은 날 나비가 되어 떠나셨군요
훨훨 날아 저 먼 하늘 별이 되셨군요
떠난 것은 기다리지 않는 법인데
오늘 밤은 기다려집니다

따뜻한 엄마 품이 기다려집니다
그리운 내 엄마

엄마 제사 2

정신없이 하루하루를 작두날 위에서 춤추다 보니
올해 아버지 기일 잊고, 그냥 지나쳐
머리털 나고 이런 일 처음이라
다시는 이런 일 없다 하며 아버지께 용서를 빌며
여편네에게 곧 엄마 제사다 잘 챙기라 당부했는데

어느 종부녀---ㄴ
딸내미 유학 보내는 데 미친 듯 지랄 염병 떨더니
관념 없이 또 까먹어 버렸네

석양이 질쯤 왠지 모를 느낌에
엄마 제사 며칠인지 물어보니
핸드폰 뒤적뒤적이더니
오늘이라네

기가 막히고
열불통이 터진다

내 성격 아는 여자
눈까리 깔고 조용히 말한다
정신이 없어가지고 몰랐네
버떡 빨리 준비할게

평소 같으면 다 날아갔으나
60이라는 무게가 그나마 눌러줘 지그시 참으며
내가 알아서 한다 퇴근해라

언양장에 가서
만들어 놓은 생선 한 마리 찌짐 두어 개
주방 아줌마 작품 나물 반찬
초라하게 차려놓고 소맥 두 잔 말아 석고대죄하며
호로새끼보다 못한 놈이
가게에서 혼자 제사 지낸다

사는 게 정신이 없다 보니 이런 사단 벌어졌는데
죽을죄 지었심더 용서해 주이소

독일로 유학 간 손녀 무탈하게 해주시고
겨우 자리 잡으려고 하는 사업 안정되게 해주이소
부모님과 소맥 두 잔을 하니 취기가 얼얼

그리고 보니 오늘 엄마 제사라고
엄마가 나에게 선물을 주셨네

받지 못한 상사채권 포기하긴 억울하여

혹시나 하고 제3 채무 압류해 놓고
수년이 지나 잊고 있었는데

오늘 연락이 왔네
청산하고 4,000만 원 남았으니 받아 가라고

엄마 땡큐
어머님 알라뷰---

주식하여 2배로 불릴게---

고추잠자리

엄마는 빨간 다라이에
철마다 다른 물건을 이고 장사 다녔다

무식한 청상과부 엄마는
매혈하듯 하루하루를 팔아

노란 부리 제비 새끼
그리 먹이고 키워

연약하고 가냘픈 허리로
수많은 설움
눈물로

바윗덩어리
머리에 이고 다닌 빨간 다라이
바람에 날리었던 눈물

고추잠자리
내 엄마

어머니

한동안 안 보이시더니
어젯밤 꿈에 왜 오셨어요?

11월 단풍은 낙엽 되어 흩날리고
온기 잃은 가슴은 시려만 오는데

모처럼 오신 어머니
추운 아들
등 시린 아들
꼭 안아줘 포근했습니다
너무너무 따뜻했습니다

어머니의 자식으로 태어나
축복받고 살아온 세월

때론 넘어지고 깨어져 앞이 보이지 않아
낙심하고 있을 때
말없이 지켜봐 준 위로의 눈빛
부뚜막 위 정한수에 담긴 기도

어머니
구절초 같은 어머니

쑥부쟁이 같은 어머니

오늘도 가요 무대는 흘러나오는데
김동건이는 늙지도 아니한데
있어야 될 사람은 떠나가 버려

어머니가 남기신 온기로 지탱하며 살아온 나날
보고파 통곡을 하나
찬바람만 메아리치고 그리움만 타오릅니다

동지

종갓집 며느리는 가마솥 가득 팥죽을 쑤셨지요
사립문 장독대 새맷가에 뿌리시며 부정 타지 말라셨죠
조상 전에 올리신 후에야 산 자들의 차례가 와
쏨북쏨북 썰은 동치미와
나이에 맞게 새알을 먹었지요

아버지는 아침 반주 막걸리 벌컥벌컥
계란만 한 새알 몰래 만들어
가마솥에 넣은 거 찾으려고 주걱으로 뒤적이다 엄마에게 야단을 맞고
가마솥 바닥에 눌은 팥죽 누룽지
화근내 나는 그 맛, 아직 잊지 않고 있는데

아직 있어야 될 사람들은 모두 떠나가 버리고
새로운 것들이 식구라고 눌러앉아
옛날은 가고 새 시대가 왔으니 순리에 적응하라 하나

회전하는 절기는 옛것이 아니라는 무언의 항변은
집안 서열 5위 주변인이 된 자의 허공에 외치는 메아리일 뿐입니다

남산동 새벽시장 가서 3만 원 주고 사 온 팥죽
세상 물정 어두워 큰 냄비 한가득

조상 전에 한 그릇 올리고
아파트 현관에 팥죽 뿌릴만한 간이 되지 못해
종지에 두어 숟가락 신발장 앞에 두고
쿠팡으로 배달된 동치미와 한 그릇 합니다

그나저나
이 많은 팥죽 어찌해야 좋을까요?
혼자서 족히 10일은 먹어야 될 양
베란다에 두니 벌써 굳어가고 있습니다
내 마음처럼 쩍쩍 갈라지고 있습니다

변해가는 세상 속 추억이 그리운 자는
동짓달 긴긴밤을 부여잡고 옛날을 애달파합니다

찬바람에 별이 숨어버렸습니다

가요 무대

반술 되어 대리하여 집에 오면
엄마 방 TV에서 흘러나오는
가요 무대 음악 소리

가슴 아프게
가슴 아프게
바라보지 않았으리

목포의 눈물을 따라 부르던
엄마가 생각납니다

복막 투석 호우스 배에 꽂고
흥얼흥얼 따라 부르던 노랫소리
아직 귓가에 생생한데

수십여 년 흘러도
가요 무대 레퍼토리 그대로인데

옆에 계실 것 같은 엄마는 없고
웬 중늙은이가 앉아 따라 부르고 있습니다

당신과 나 사이에

저 바다가 없었다면
가슴 아프게
가슴 아프게

엄마를 그리워합니다
그리운 엄마를 보고파 합니다

가요 무대도 끝나가는데
그리움은 아직도 파랗고 변색이 되질 않아
벽에 걸린 엄마 사진에 손가락 하트 날리며
씩 웃어봅니다

한 번(신고려장)

엄마는 창밖 너머
떠나가는 차에게 손을 흔듭니다

일주일에 한 번
보름에 한 번
한 달에 한 번

그 한 번을 기다렸건만
그 한 번은 너무 짧고
의무감으로 찾아온 자식은 항시 바빠
벽시계 초침만 세고 있습니다

아픈 곳은 없는지요
조금 더 오래 사셔야 되는데
말라빠진 대화 속 찬바람은 불고
그 바람에 익지 않은 홍시가 떨어집니다

바쁜데 그냥 가봐라
맹덕이는 잘 있나?
나도 얼굴 잘 못 봅니더
시간 날 때 한번 데리고 오겠심더
운전 조심해라

한 번. 한 번. 한 번
한 번뿐인 인생에서
수없이 스쳐 간 한 번으로 여기까지 왔고
오늘 또 한 번의 한 번이 지나고 있습니다

지게에 앉아
돌아갈 아들 길 잃을까
가지 꺾어 표시한 어느 늙은이가
이젠 안전운행을 걱정하고
오지 않는 손자를 그리워합니다

딴 것은 다 한 번인데
그리움은 한 번으로 끝나지 않고
원치 않는 허무감까지 찾아와
노을이 만든 어둠만 저만치 와있습니다

한 번뿐인 세상에서
너무 오래 산 것 같습니다

할매 생각

할매는
동지 설날 보름 추석
내 손 잡고
봉대산 중턱 올라가
해 질 녘 노을 아래
굴뚝 연기 안 나는 집
헤아리셨다

일수쟁이 내 할매
기장시장에 뜨면
장사치들 절절매고
산천초목도 울고 가는 그 깡골이
피도 눈물도 없던 그 할매가

절기가 되면
없는 사람 불쌍한 사람
집집마다 다니시며
옷가지 양식 돈
형편에 맞게 나눠주시고
집에 와 호롱불 밑
염주 돌리며 읊으시던
알지 못한 독경

뒤뜰 대나무
바람 소리 청아한
고요한 달빛 아래
나지막한 기도 소리
기도 소리에
잠이 들고
기도 먹고 자란 손자

절기가 다가오니
할매가 그리워
일수쟁이 내 할매 보고파

보름달에 그려보는
좌동댁 김해 김씨
내 할매 얼굴

정구지

아궁이에 가득 재를 긁어 소쿠리에 가득 담고
누런 광목 치마 한 손으로 훔치면서
따배기도 없이 소쿠리 머리에 이고
할매는 밭으로 간다

그 뒤로 가랑이가 찢어진 바지 입은
코 질질이 박박머리
맨발로 아장아장 뒤따르고

물자수 배미가 많은 논둑을 지나
도랑 건너 정구지 밭 도착해
조선 가위로 내 누이 머리 자르듯
쓱삭쓱삭 정구지 자른 후
재를 밭 두둑에 뿌린다

폭탄이 터지듯 일어난 연기가 잠잠해진 후
빤작이는 검댕이 숯 하나 주워
밭매는 할매 근처 커다란 바위에
가 갸 거 겨 1 2 3 4
삐뚤 글씨 적어보고 엄마 얼굴 그려보다
근기 없는 아침 보리밥 쉬 배 꺼져
잘라놓은 정구지 씹어보니

매워
눈물이 나

밭 흙을 한 줌 집어 살살 까부려
고운 흙만 골라 입에 탁 털어 넣는다

맹덕아
또 흙 먹나?
배에 거시 생긴다
그만 먹어라

살아남는다는 것

무리 중에서 도태되지 않고 끝까지 간다는 건
비바람에 떨어지지 않고 단풍이 든다는 건
아침 이슬같이 잠깐 빤짝이다
사라지는 찰나의 순간 속
기근의 대중에서 끝까지 견뎌
수탉의 벼슬처럼 장엄한 형상의 축복을 맞이하는 것

살아남는다는 건
아직 내가 죽지 않았다는 것
꺼이꺼이 울 수 있는 용기가 있다는 것
하늘 가까이 있는 저 높은 산
오르고 또 오를 수 있는 자존감이 있다는 것

비록 얽히고설킨 많은 문제 중
풀 수조차 없어 답이 나오지 않아도
견디고 이겨내는 악착같은 생존

바위 틈새 뿌리내린 소나무처럼

길

여정에서 잠시 만난 소낙비
견뎌낼 수 있다고

소낙비 맞으며 참고 또 참다가
주룩주룩 울다가 보면
어느 순간 햇살 비추고 순풍이 불고 꽃도 필 거야
모든 게 제자리로 돌아올 거야
세상살이
어찌 원하는 대로
뜻하는 대로만 살 수 있나

시이소처럼 왔다리 갔다리
구름다리처럼 흔들흔들하면서도
쓰러지지 않고 중심 잃지 않는 삶

그게 인생이야
내가 가는 길이야

이장희의 애인

가끔 이불에 오줌 지리던 그 시절
멀쩡한 진공 라디오를 분해한 이후
때려야만 소리가 나오게 만드는 재주가 있던 외삼촌이
전자 학원을 다니더니
범천동 골짜기에 전파상을 차려
종일 틀어놓은 전축에서 흘러나왔던
이장희의 노래에 심취해

대가리 피도 안 말랐지만
떠남을 생각하고 눈이 큰 여자를 그리워하고
사랑이 뭔지를 어렴풋이 알았습니다

전파상 입구의 평상이 내 놀이 공간이 되어
바람 소리만 나오는 휘파람을 불어대며
예쁜 누나가 지나가면
어른이 되면은 저런 여자를 애인으로 만들어
슬픈 사랑을 할 거야라는 철없던 생각

흐르는 세월 속
눈 큰 거. 눈 작은 거. 째보. 꼼보
다 스쳐 지나가도
여전히 휘파람은 잘 불지 못했고

만나는 것마다 슬픈 사랑
노래 가사처럼 되는 묘한 운명 속
어려서는 누나를 좋아하다

빼도 박도 못하게 용꼬로 걸려버린 14년 어린 여인이
마누라라는 완장을 차고 나타나
여태껏 지은 죄를 속죄하라 하니
아무리 생각해 봐도 속죄할 사람은
전파상 차린 외삼촌
나를 이렇게 만든 장본인

이장희를 알게 했고
쏟아지는 빗속에 사라지는 사랑이
얼마나 큰 슬픔인지를 깨닫게 했던 나의 어린 시절

오늘도 비가 오는데
소파에 누워 주가의 오르내림에 일희일비하는
늙은 여우가 한심스러워

떠난 여인들 몽땅 불러 모아
그때 그 시절 한때의 사랑
몽땅 매수해 봅니다

토사구팽

초복인데 부산집에 가입시더
마눌님이 고생한다고 보양식 해놓은 줄 알았다

끌려간 곳은 명품 소고기 식당
큰놈, 막내 시간 맞춰 오고
유학 간 둘째 그리워하며 소1 맥2 적당히 먹고
잘 먹었네 인사하려는 찰나 핸드폰에 결제 문자가 와서
그래 실권 없는 가장 돈으로 때우자 자위하며 집으로 오니

큰놈은 큰놈대로 작은놈은 작은놈대로
자기 방으로 사라져 버렸고
안방에서 수준 비슷한 고교 동창과
2시간 통화모드 드가시는 마눌님의 수다 피해
지정석 거실 소파에 누워 지니 양을 부른다

냉동실 쭈쭈바 2개 빨고 양치하고 자려는 순간
친구하고 통화 하면서 거실로 행차하시는 마눌님이
TV 소리 크다고 음향 7로 맞춰놓고 들어가 버려
더러워서 TV 끄고 핸드폰으로 유튜브 보고 있으니
장남이 나와 아들 공부하고 있으니
소리 줄여달라는 말에 찍소리 못 하고 핸드폰 끈다

잘 때 귓구녕에 뭐라도 들려야 잠이 오는데
감옥 같은 아파트에서는 나의 공간이 사라져 버려
거실 등 꺼진 어둠 속에서 쓸쓸히 시(詩)를 적는다

사냥이 끝이 나자 필요 없어진 개 한 마리
초복에 이렇게 가는구나
외로움을 부여잡고 긴 밤 헤매구나

테스형 소크라테스형
세상이 왜 이래
왜 이렇게 힘들어

막걸리

이놈의 여편네 또 물 탔네

막걸리 한 되
양은 주전자 나발 두어 번 빨아 당기면
거의 3분의 1은 사라져 벼려

세메에서 물 적당히 배합하여 가져가면
초피 아버지 단박에 아셨다

바꿔 온나
내가 가서 사달 내기 전에

새복이 새이 엄마요
아버지가 물 탔다고 바꿔 오라는데요
뭐라 해샀노 요번 거는 물 안 탔다 하며
주전자 나발 한 모금 쭉 당겨본다

아이고나 이상하네 분명히 원액 줬는데
고개를 절레절레하며 새로 한 되 떠준다
전과 많은 새복이 새이 엄마 때문에 그렇게 넘어갔다

아버지 막걸리 심부름하며 술맛을 알았다

먹으면 가슴이 뜨거워져 옴을
세상이 맑아짐을
초등학교 때부터 깨우쳐 어른이 된 이후
주구장창 날이면 날마다 먹다가
요즘은 입맛이 변해 윗물 청주만 먹는데

오늘 같이 막걸리 먹다 모자란 날은
앙금에 물 타 먹으니 옛날 맛이 되살아나
새복이 새이 엄마가 가까이 있는 듯한 어제 같은 옛 추억

내 고향 기장 덕발 마을 철길 앞 주막집이 그리워집니다
물 탄 막걸리에 고향 앞으로 달려갑니다

한잔 먹으니

과거가 생각나고
옛사랑이 생각나고
보따리 싸고 도망간 여자 생각나고
노름쟁이 아버지 생각나고
불쌍한 울 엄마 생각나고
독일 간 딸 생각나고
애달팠던 사건 사고 생각나고
철썩철썩 바다 생각나고
생각나지 않는 생각까지 생각나

내가 술을 먹다가
술이 나를 먹다가
울면서 먹다가
웃으며 먹다가
토하면서 먹다가
별 보면서 먹다가
가만히 누워 밤하늘 보니
참 힘들게도 살아왔네
꺼이꺼이 많은 고개 넘어왔었네
그래도 죽지 않고 견디고 살아온 건
천운
가여움을 불쌍히 여기신 하나님의 은혜

한잔 먹으니 온갖 것 다 생각나
달이 되고 별이 되고 먼지가 된
먼저 간 나의 친구들
패. 경. 옥
윤동주가 사랑한 간도의 여인까지
내 그리움이 되고 그리움이 슬퍼져
넘어가지 않는 술 한 잔 더 먹고
바닥에 대(大)자로 누워 꿈을 꿉니다

내일은 행복할 거야
사는 건 이겨나가는 거잖아

옛날에 태어났으면 나는

평소에는 한량이었으리라
마름이 이끄는 당나귀 타고
삿갓 비스듬히 긴 곰방대 물고
오늘은 주막 내일은 기생집 기웃거리면서
첩 사이 두어 명 두고 본부인 애간장 태웠으리라

옛날에 태어났으면 나는
문신이었으리라
책을 가까이하고 도(道)를 논하고 시(詩)를 읊으며
종갓집 종손의 책무에 매진하는 학자였으리라

옛날에 태어났으면 나는
일찍 죽었으리라
환란이 오면 앞장서 불의에 항거하며
목숨 던지는 용기

멸문지화 없는 가문을 지키기 위한 방책
쪽 방지를 위해 던진 피 한 장
동래 충렬사 임란공신 내 일족 송가만 일곱 분
이 위대한 역사 속 한 명이 나였으리라
대대로 이어져 오는 화수분 같은 역사
민들레처럼 튼튼한 뿌리

옛날이 오늘까지 이어온 기적
그게 나야

여산송 원윤공파 동주공 기장문회 덕발문중
내가 종손이야

성골이야
남들은 감히 엄두도 낼 수 없는…

나는 나쁜 놈입니다

나는 나쁜 놈입니다
아---
나는 나쁜 놈입니다

언양 오일장
웅게나물 3,000원 돈나물 3,000원 머위 3,000원 합이 9,000원
만 원 주고 잔돈 5,000원 받았습니다

집에 와서야 알았습니다
돌려주러 가야 되는데
보름이 되도록 못 가고 있습니다
아니, 안 가고 있습니다

나는 나쁜 놈입니다
진짜 나쁜 놈입니다

마눌님에게 당신이 첫사랑이라 했습니다
마흔 넘은 놈 구제해 주어 고맙다 했습니다

열 손가락으로는 모자라는 나를 스쳐 간 여인들
영숙 미숙 정숙
이젠 이름조차도 가물가물한 가슴 아픈 사연들

마눌님에게 나의 거짓을 고백할 때에는
그 여인들을 망각했습니다
그리고 술이 많이 취했었습니다

나는 나쁜 놈입니다
진짜 진짜 나쁜 놈입니다

신호위반으로 경찰에게 걸렸을 때
경찰 가족인데 싼 거 끊어달라 했습니다
어떤 경찰은 그냥 보내주고
어떤 경찰은 노상방뇨 2만 원짜리
최고 싼 거 끊어주었습니다

솔직히 우리 일가 중 교도소 갔다 온 놈 있어도
경찰은 한 명도 없습니다

살아오면서 양심의 가책도 못 느끼고
나쁜 짓 하며 살아온 수많은 나날
이 글 적으며 반성합니다
진짜 반성합니다
거시기 잡고 말입니다

내 마음속에 있는 것들(상상)

오늘 대강 스무 명 정도 죽였다
내 차 추월한 놈
더럽게 운전하는 새끼
사회면을 장식하는 이상한 놈
트럼프도 한 번 죽이고
아베는 죽창으로 찌르고 또 찔러
만신창이로 만들었다

비행기도 한 대 만들어
유럽에 있는 딸에게 잠시 다녀왔고
대통령이 되어
정은이에게 까불지 말라고 충고 전화도 했다

현실에서 할 수 없는 것들이
내 마음속에서는 실현 가능하여
상상의 나래로 자아를 만족시키지만

만약, 나에게 그게 실현 가능한 일이라면
내 성격에 살아남는 놈 몇 명이나 될까?

내 마음속에 있는 것
비록 실현 가능성이 별로 없지만

그 와중에 현실적인 거 몇 개 모아
불쏘시개 하며 살아온 세월
따뜻하지는 않았지만
얼어 죽지는 않았던 상상의 세계

이 밤
코 고는 마눌을 탤런트로 만들어 본다
뱃살을 없애고 가슴을 크게 하고
아---
아무리 상상해도 이 얼굴은 답이 없다

마음을 접고
잠이나 자자

망연자실

기장시장 꼼장어 집에서
설비 K 사장하고 전기쟁이 친구 A하고
소주 열 병에 맥주 세 병
거나히 한잔하고 대리 불러 집에 갈라 하니
K 사장이 슬며시 태클을 건다
노래 한 곡 땡기고 가잔다

안 되는데
시퍼런 마눌님 무서워 일찍 집에 가야 하는데
전기쟁이 A까지 동조하는 바람에
마지못해 따라가 메뚜기(도우미)들 불러
양주 다섯 병에 서비스 한 병
도합 여섯 병 먹으니 술값이 백오십 나왔다

A 놈 양주 잘도 먹고
메뚜기하고 블루스 추고 지랄 떨더니만
파장 분위기 되자 소파에 뻗어버렸고
나머지 한 인간은 30분째 노래만 부르고 있다

10분 간격으로 울리는 핸드폰 진동 소리
이 시각 내가 어디에 있을지 훤히 알고 있을 여자가
이런 식으로 한다는 건, 신랑을 개무시한다는 것

과감히 전화 받아 한소리 하고 싶으나
용기가 없다 솔직히 두렵다
그나저나 백오십 나온 술값 어찌할꼬?
그냥 뿌리치고 집에 갔으면
가정도 평안하고 이런 고민 없을 텐데
주위를 둘러보니
지금 당장 해결할 놈 나밖에는 없어
죽을 각오로 카드를 긁는다
결제 확인 문자 메시지 마누라 핸드폰에 뜨는데
이 시각 이걸 본 성질 급한 여인은
아마 기절했을지 몰라

망연자실한 심정으로 대리를 부른다
만약 내일부터 내가 안 보이거든 세상아
마누라한테 찢겨 죽은 줄 알아라
갈기갈기 찢어지고 토막이 나서
종량제 봉투에 담아서 버려진 줄 알아라

그렇게 말하기가 잔인하여 곤란하다면
기장시장 꼼장어가
나를 잡아먹었다고 전해다오

무식이 죄

찌찌찌끼다시 머머먹으로 왔왔는교
회 머머먹으로 왔는교
불불불만 하하지 말고 가가가소

연화리 @@횟집 P 사장
지독한 말더듬이에 막말은 1등
중학교 졸업하고 횟집 주방 보조 30년 만에 독립하여
횟집을 차렸는데 장사가 대박

친동생이 붕장어 주낙배 선주라
아시다시피 주낙에 꼭 붕장어만 잡히는 게 아니고
온갖 잡어들이 다 걸려 그 자연산이 감칠맛이라

자연산 전문점 간판 걸어놓고
밑반찬 달랑 땅콩 삶은 것 하나 내어놓아도 손님은 문전성시
갑과 을이 바뀌어 물과 술은 셀프로 먹어야 되고
밑반찬 빈약하다고 불만 하는 순간
회 못 먹고 쫓겨나야 되는 통 큰 상술

욕쟁이 할머니의 내뱉는 욕에 반해
마니아들이 생기듯
P 사장의 투박함에 반한 화이트칼라들이

소개에 소개가 되어 쏠쏠히 장사가 아주 괜찮았는데

장사 망하고 고깃배 타야 했던 사연

장사가 잘되어 방이 모자라 고민하던 중
부동산 꼬임에 빠져 기존 횟집 팔고
근처 횟집 인수하여 확장 공사하고
영업 재개하는 순간 주위에서 고발

이유인즉 확장 면적 대비 정화조 용량이 맞지 않았던 것
그게 불법이라서 주위 횟집에서 그냥 두질 않아
시도 때도 없이 고발이 되어 수차 영업정지
결국 옳게 장사도 못 해보고 경매로 가게가 넘어가 버려

자기 머리가 모자라면 전문가에게 알아보고
집을 헐든지 증축하든지 해야 되는데
생각 없이 무작정 헐고 증축해 버린
무식이 곧 용기란 걸 몸소 실천하신 P님
횟집 접은 후 노름쟁이들 하고 어울려 다니면서
그 좋은 머리로 포커를 하여
그나마 조금 남았던 돈마저 탈탈

한동안 술로 지내다 술값이 떨어졌는지
이렇게 살아서는 안 된다고 깨우쳤는지 주낙배 선원으로 취직
과거의 화려한 용맹은 어디로 사라져 버리고
시커먼 얼굴에 초라한 어부의 어깨만 남아있어 가슴 아프다

친구야
말더듬이 P야
열심히 살다 보면 또다시 기회가 온다
한 번 실패는 병가지상사
살아온 과거 속 쌓아놓은 내공이 있잖아
빨리 재기하여 횟집 차려라
너 망한 후
딴 집 회는 맛이 없어 먹지 못하고 있다

무식한 천재 P 사장 파이팅!!!

숙(淑)이

기장시장 뒤 이름도 잊어버린 주막
희미한 조명 속
가냘프고 슬퍼 보이던 한 여인을 두고

이 모 군과
신 모 군이
별로 친하지 않은 친구끼리 쟁탈전이 벌어져

8시 퇴근 기차 내리면
날이면 날마다 돌리고 있는 대한조경 홀라방에 들려
순하디순한 김 모 최 모 박 모 등과 두어 시간 카드 돌리면
그들의 돈이 신 모 군의 호주머니로 들어와

돈 꼰 친구들을 데리고 숙이 집으로 가서
그들의 돈으로 술 실컷 먹고
그들에게 술 잘 먹었다고 인사를 받아

칼만 안 들었지 날강도 같은 기질이 심해
공부 머리는 없었지만
카드 바둑 장기는 당할 자가 없었던
잡기의 신이라 불리운 전설의 신 모 군이
꽃사슴 숙이를 은근히 흑심을 품어

갈 때마다 태클 들어가니 마음 여린 숙이

이미 그녀 가슴엔 다른 남자가 있었지만
기생오래비같이 반지르르한 신 모 군이 흔드는 바람에
흔들려 마음이 마구마구 흔들려
이미 정을 준 이 모 오빠에게 미안해
둘 사이에서 괴로워하며 방황을 했는데
이게 무슨 운명의 조화인가
그네 둘이 친구
그것도 별로 안 친한(?) 동네 불알친구

충격의 숙이는 이 사실 안 후 잠적해 버렸고
이 모 군과 신 모 군은 잃어버린 사랑에 서로를 원망하며
한동안 같이 밥도 안 먹는 사이가 되었다는 노랑 신문 이야기

오랜 세월이 흘러
기장시장에서 숙이가 여자아이를 데리고
장 보러 온 걸 누가 보았는데
그 여식이 대강 보면 이 모 군 닮았고
자세히 보면 신 모 군 닮았다 하던데
누구의 씨인지는 숙이만이 알아

동 밖에 사는 이 모 신 모 군 언젠가는 뿌린 씨
거둘 날이 올 수도 있겠다는 생각

남자는 모름지기 3끝을〔혀끝. 손끝. ?끝〕 조심해라 했는데
그걸 함부로 놀린 인과응보가 그들에게 꼭 돌아오기를…

첫사랑 정숙이

교회에 가면 여학생 사귈 수 있다는 선배의 꼬임에
사직동 참빛교회를 고1 때부터 다니기 시작했습니다

얼굴과 키로는 어필할 수 없었으나
바이브레이션이 좀 괜찮은 특유의 가창력이 있어
기타를 치면서 복음성가를 부르면
나름 여학생들의 호기심 가득한 시선을 어깨너머 느껴
생각보다 쉽게 여친을 만들 수가 있었습니다

정숙이
동주여상 1학년 내 첫사랑
눈이 사슴처럼 크고 미소가 예쁜 소녀였습니다

걸었습니다
만나면
둘이 무작정 걸었습니다

79년
사직 체육관 생기기 전 그곳은
버드나무가 듬성듬성 있는 미나리 밭이었습니다
인적이 드물어 둘이 손잡고 다녀도 뭐라 할 사람 없어 좋았고
길섶에 피어난 이름 모를 꽃도 예뻤었고

갑자기 튀어나온 개구리가 정숙이를 놀라게 하여
내 품에 살짝 안기는 게 더 좋았습니다

그날도 주일 예배 마치고 교회에서 거제리 정숙이 집까지
지름길인 미나리 밭길로 가고 있는데 갑자기 소나기가 내려
버드나무 밑에서 잠시 소나기를 피하였으나 나무에서 떨어지는
빗물까지 피하지 못해 겉옷을 벗어 대충 머리를 덮고 있던 중
나도 모르게 정숙이 입술을 훔쳐 뜨거운 첫 키스를 할 때
바르르 떨며 내 사랑을 받아주던 그 몸짓 아직도 잊지 못합니다

별이 쏟아지던 광안리 바다에서
김춘수의 꽃 윤동주의 서시를 암송하고
솔제니친의 이반 데니 소비치의 하루를 논하고
서로의 미래를 이야기도 하며 꿈을 키웠던 일

금요 철야 예배 때 둘이 살짝 교회 옥상에 올라가
뜨겁게 사랑을 하다 목사님에게 들켜 빠따 50대 맞고
일주일 동안 학교도 못 가고 누워있었던 일

MBC 이종환의 밤의 디스크 쇼에 보낸 글이 당첨되어
서울 방송국까지 학교 땡땡이치고 선물 타러 갔다가
정숙이 아버지에게 들켜 엄청 혼났던 일

친구 허길이 아버지 125CC 빨간 스즈키 오토바이 훔쳐 그녀를 뒤에
태우고
거제도까지 놀러 갔다 경찰에게 잡혀 학교 잘릴 뻔한 것
정숙이 아버지가 손써주셔서 유기정학 한 달 먹고 학교 화장실 열라
청소했던 일

정말 사건 사고가 많았지만 둘만의 사랑은 너무 깊고 너무 확고해
급기야 정숙이 부모님도 인정하는 커플이 되어
고등학교 때 벌써 처갓집이 생겨 수시로 처갓집에서 밥 먹고 잠자고
귀염받던 추억

손만 잡고 다녀라
사고 치지 마라
20살 넘으면 너거 집으로 데리고 가라

인자하시면서 유머스러우셨던 정숙이 아버지
일찍 아버지 여읜 나에게는 하늘과도 같은 분이었는데

고3 졸업식 앞둔 82년 2월 4일 갑자기 뇌출혈로 돌아가시어
하시던 사업이 풍비박산 나
남은 가족들이 도망치듯 일본에 있는 이모 댁으로 이사를 가버려
연습 없이 헤어진 이별에 갑자기 세상이 텅 비어버렸습니다

국제 전화료가 비싸 통화할 엄두도 못 내고 편지로 죽자 살자
한동안 연(聯)을 이어갔으나
몸이 멀어지면 마음이 멀어진다는 진리처럼
점차 느슨해지는 마음속
또 다른 여인이 내 마음속에 파고들어 와
첫사랑이라는 연줄을 풀어버렸습니다

그렇게 20을 보내고 30을 보내고 40을 보내고 50을 떠나보내려고
준비하던 중
갑자기 첫사랑 정숙이가 생각나

한때의 미치도록 뜨거웠던 사랑의 연줄을 먼저 놓아버린 게 미안하
여
묵혀두었던 낡은 앨범 뒤적이나
그때 그 추억이 어디에 있는지 찾지를 못해 책장을 다 뒤집어 봅니
다

잊고는 살았지만
버리지는 않았습니다

내 가슴에 그때 그 시절이 깨끗한 칼라로 각인이 되어있고
바르르 떨던 그 전율의 몸짓 아직도 잊지 않고 있는데

분명 그때 그 추억의 사진과 편지가
어디 고이 간직되어 있을 겁니다

내일은 만사를 제껴두고 온 집을 뒤져서라도 찾을 겁니다
많이 보고 싶습니다
그녀도 어디에서 나처럼 익어가고 있겠죠?

밤새 비가 내립니다
그날처럼

미나(길자)에게

우연한 기회에 너 소식 들었어
잘 살고 있다니 고마워

8년 차는 극복할 수 있다고
같이 힘 모으면 성공할 수 있으니
열심히 살자 했었지

난 자신이 없었어
널 사랑할 용기가 없었어
그래서 일부러 너 친구들하고
어울려 놀았던 거야
미안해
그때 그렇게 하여 널 아프게 한 것
정말 미안해

삐삐를 바다에 던져버리고
다시는 연락하지 말자 하고
넌 떠났지

그게 우리의 마지막

홧김인지
뭐였는지는 모르겠지만
너는 경찰과 결혼하였고

나는
술과 결혼하였지

흐르고 흐르는 세월 속
용케도 죽지 않고 살아남았고

잊혀졌던 30여 년 전 소녀가
그리움이 되어
미안함이 되어
네가 살고 있다는 물금으로 운전해 본다

만날 수는 없겠지만
네가 사는 동네의 공기, 체취를
한때의 사랑을 한 번쯤 공유하고픈
이유 같지 않은 이유

바보같이 부질없지만
이렇게라도 해야 속죄가 될 것 같다는 생각

시근(철) 없는 마누라
아이고 웬일인교?
이 밤중에 드라이브하자 하고

우리 신랑
죽을 때가 다 돼가는 가배---

김란희

갑자기 생각났어
고속도로 휴게소에 피어있는
아까도 철쭉에 너 얼굴이 떠올랐어
경주 안강 언니 집에 인사하러 갈 때가
선홍색 철쭉이 필 때였을 거야

쟁기질 마친 형부가 내민 것은
깨소금 섞은 소금 안주에 대병 소주
안주 없고 대화 없이 대병 한 병 다 비우고
나는 기절을 했고
깨어보니 안강병원 응급실

걱정스런 너 얼굴에
나는 괜찮다는 미소를 지었고
뜨거운 사랑을 했었지

그러나 나의 방랑벽에 너는 괴로워했고
나는 간섭이라는 멍에로 다가와
서로의 갈 길로 갔지만

선홍색 아까도가 피면
꼭 생각이 나

깨소금 안주와 대병 소주
안강병원 응급실이 생각나
싱긋 혼자 미소 짓는다

착한 신랑 만나
주례에서 고깃집 하며 행복하게 산다는 소문에
고맙기도 하고 괜시리 미안하기도 하고

그리고 카드값
네가 대납해 준 삼성 카드값 80만 원
그것 못 주고 헤어졌는데
언제 갚을 날 있을는지

엉덩이가 예뻤던
한때의 인연
김란희

정승원

너는 나를 기억하고 있으려나?
1980
사직동 참빛교회
기성복 동복이 못나 교련복만 입고 다녔던
나와는 다르게 스마트한 교복에
너는 인문계 나는 농고

그래도 우린 친했었지
어떤 계기인지는 몰라도
하여튼 한때 쪼금

기억이 가물가물 하지만
스무 살 초반
밤새 술을 먹었던 기억
부산대 경제학과에 다닌다고 했는데
그게 우리의 마지막 만남

40여 년이 지날 동안
가끔 생각나

찾을 수도 만날 수도 없었지만
어떻게 사는지는 항상 궁금했었어

세월이 흘러
검색이 보편화된 지금
네이버에게 물어보니
1992년에 동인고 3학년 10반
정승원 장인상
공지가 올라와 있네

그게 너인지는 모르겠지만
그냥 너였음 좋겠어
내 친구 승원이였음 좋겠어

검색 하나가 과거로 이어지는
실핏줄이었음 좋겠어

어느 하늘 아래
잘 살고 있겠지
토실토실 잘 익어가겠지

많이 보고 싶다
동인고 내 친구
정승원

서울 여인숙

대청동 삼거리 하루 4,000원짜리 여인숙

동주여전 의상학과 김@@
부산여고 꼴등도
앞으로나란히 하면 입학하는 학교

열일곱에 함흥서 1.4 후퇴 피난 나온 아버지가
지 새끼 너무 예쁘고 귀해
낚시하는 법 가르치지 않고 애지중지로만 키워

온실 밖 세상을 몰라도 너무 모른 상태에서 사랑이 와
남자 맛을 알아버려
아버지가 정해준 통금시간 밤 10시
도저히 지킬 수 없어
애인과 짜낸 묘략
독서실
학교 갔다 부리나케 가방 챙겨
허둥지둥 독서실 매일 가는 딸이 수상해
미행을 하여보니
집에서 얼마 떨어지지 않은 서울 여인숙

눈 뒤집힌 아버지는 여인숙 입구

선인장 화분을 들고 따라 들어가
막 옷 벗은 딸에게 던졌다

쫑간나새끼 이게 독서실이네?
정통으로 등에 선인장이 꽂혔다
철철 흐르는 피

던지고 당황한 아버지는 급하게 윗도리를 입히고 들쳐 업는다
업고 나가면서 남자에게 한마디 한다
너 새끼 내일 집에 와
안 오면 눈깔 뽑아버린다

시끌벅적 서울 여인숙
빼꼼히 문 내밀고 구경하던 수많은 눈동자
재미있는 불구경

세월 지나 궁금한 건
동주여전 의상학과 김@@ 애인
눈깔이 뽑혔는지 안 뽑혔는지
해피엔딩인지 언해피엔딩인지
나는 알고 있지만

수많은 세월의 흐름에
수채화 밑그림 같은 희미한 기억 속
뿌우연 밤거리 대청동 삼거리 서울 여인숙

그때 그놈이 누군지
알아맞혀 보세요

부치지 못한 편지

(1)
혹시 김양자라는 분을 아십니까?
전라도 끝 어느 경찰서에서 온 전화

알고말고
어찌 내 그 이름 잊을 수 있으랴
50년이 지나도 잊어본 적이 없는 그리움의 이름

올 것이 왔는 평온함 나는 찾지 못해도
언젠가는 나를 찾을 거라는 확신감으로 기다린 나날

어릴 적 우리 집 머슴 벙어리 도야 아저씨 딸
양자 누부야(누나)

주막집 잡부 출신이었던 누부야 엄마는
아기를 낳은 후 아이 상태가 정상이 아니자(뇌성마비)
돌도 되기 전에 가출해 버려, 본의 아니게 양육의 몫은 우리 집
식구가 되고 내 누나가 되어, 한 이불 속 같이 뒹굴며
ㄱㄴㄷㄹ 가갸고교 한글 공부하던 어릴 적 추억
내 할머니 돌아가셨던 초등학교 1학년 때
누부야 달거리 시작되던 해

코로나 택시에 봇짐 싸

병도 고치고 기술도 배워준다던 요양원으로

멀리 떠난 오래전 그해 봄

누부야 따라간다고 택시 문 잡고 매달리다

아버지 억센 손에 떨어져 나올 때

신작로 먼지 펄펄 날리며 떠나간 그 길에

아지랑이 피어올라 눈물을 가려주던 가슴 아픈 기억

세월이 흘러 성인이 되어

보고도 싶고 어떻게 사는지 궁금도 하여

찾을 수 있는 곳 수소문 다 했지만

도저히 찾을 수가 없었는데

반세기가 지난 지금. 양자 누부야가 잊지 않고

내 이름 기억하고 찾아주다니

감사와 감동이 동시에 오는 떨림

영상 통화 가능한지요?

만나기 전에 통화라도 하고 싶어요

(2)

며칠 전 돌아가셨습니다

유품을 정리하던 중 편지가 한 박스 나왔는데
경상남도 의령군 대강면 대충리 18번지
수신인 권맹덕 앞으로 쓰여진 편지였습니다
버리기에는 너무나 애절한 사연이라 연락을 드렸습니다
가능하시다면 오셔서 부치지 못한 편지를
꼭 수령해 갔으면 합니다

가늘게 손이 떨리고 숨이 가빠왔다
사(死)후 연락을 받다니

도렷히 이름, 주소를 기억하고 있었다면
50여 년 세월 동안 한 번이라도 연락을 해왔을 텐데
연락을 못 할만한 이유가 뭐였을까?
혹시 내가 모르는 사연이 있는 걸까?

혼자 가기가 떨리고 형용 못 할 감정을 주체 못 해
마누라 옆에 태우고 양자 누부야 계셨던 곳 찾아간다

(3)
요양원끼리 장애인을 매매 하였던 과거의 아픈 역사 속
호적이 5개 만들어졌으며
당연히 이름 또한 5개

강인옥이라는 마지막 이름으로 세상 떠날 때까지
수많은 사연과 그리움을 적어
봉투까지 봉한 채 부치지 못했던 편지

발신란에 김양자라는 본명이 표기되어 있지만
김양자로 살지 못하고 동물보다 못한 사육 시설에서
남의 이름으로 수십 년 살아오면서
그 무언가의 이유로 박스에 보관만 하며 그리움을 견뎌냈으리라

(4)
유골을 고향 뒷동산에 뿌리면서
누부야가 평생 그리워했던 추억을 바람에 날려 보내며
잘 가시라고
다음 생은 공주로 태어나시라고
힘들고 고생했던 것 열배 백배 행복으로 보상받으시라고
기도하는 눈가엔 서럽고 죄송한 눈물이 펑펑

(5)
미친 듯 며칠 동안 편지만 읽으며
저며오는 서럼이 통곡이 되고 오열이 되어
급기야 분노로 변해
세상을 향해 휘발유 뿌려보나

라이터 켤 용기가 없음을
계란으로 바위 깰 용기 없는 나약한 자였음을

(6)
(편지 태우던 날)

누부야 잘 가라
나비가 되어 훨훨 날아 좋은 곳으로 가라
아프지 말고 슬퍼하지도 말고
봄날 양지바른 곳에 핀 제비꽃처럼
소담히 그리고 예쁘게 피어나라

다음 생은 내가 남편이 되어 누부야 많이 사랑해 줄게
좋아하던 박하사탕 가득 사가지고 맨날 맨날 소풍을 가자
두 손 꼭 잡고 다시는 헤어지지 말자

그리운 내 누나야
보고 싶은 내 양자야
안녕

독한 여자

장맛비가 절정인 여름날
장다리 아저씨가 비닐우산을 쓰고
한해 묵은 초가집 누런 빗물 떨어지는 집에 찾아와
아버지와 두런두런 이야기를 나누고 있다

까만 무명 치마의 소녀는 부엌 구석에 쪼그리고 앉아 훌쩍이고 있고
상황을 파악 못 한 까까머리 소년은 두리번 두리번거리다
엄마 눈 맞추어 보나
가만히 있으라는 표정에 소녀 근처에서 부지깽이로 낙서를 한다

얼마나 흘렀을까
낯선 장다리 아저씨는 소녀에게 와 손목을 끄집는다
집에 가자

소녀는 냉정히 뿌리치고 방으로 뛰어들어 가 문을 잠궈버리고 이불
속으로 숨는다
문 좀 열어봐라 이야기 좀 하자. 장다리 아저씨는 손가락으로 창호
지 구멍을 내어
소녀의 시선을 찾으려 하나 이불 속 소녀는 꼼짝이 없다

막걸리 한 되 사 온나 아버지 말씀에
쭈그러진 양은 주전자 장다리 아저씨의 비닐우산 쓰고

막걸리 사 오면서 입으로 한 모금 쭉
시큼 텁텁한 게 소년의 가슴에 쑥 들어와 기분이 몽롱

마루에 김치 쪼가리 안주에 마주 앉은 어른들은
막걸리 한 되 다 마실 때까지 대화는 없고 담배만 뻑뻑
살짝 취기가 오른 소년은 뒷문을 열고 살금살금 방으로 들어와
이불 속 소녀에게 들어가니 소녀는 숨소리조차 들리지 아니하고
천둥번개 장맛비는 더욱더 요란만 해
엄마가 한 되 더 사 온 막걸리 다 비울 쯤
아버지가 어렵게 입을 연다

저리 안 갈라 하는데 우짜겠는교?
좀 더 크거덩 데꼬 가이소
동생은 교회 목사가 입양해 서울로 갔다 하니 찾을 수 있을 낌더

끝이었다

그 후 아무 일도 없었고 평범한 일상으로 돌아왔고
그냥 그렇게 살았다

세월이 많이 흐른 지금
소녀보다 한참 어렸던 소년은 그때를 똑똑히 기억하고 있는데

독한 여자는 할매가 된 지금도 알면서도
모든 것 다 알면서도 천륜을 절제한다

나라면 그리 할 수 있을까?
오랜 시간 수행 같은 삶을 살아오면서 저리도 냉정하게 살 수 있
을까?

오늘도 그날처럼 비가 내리는데
그때 얼었던 얼음은 녹지도 아니하고 냉기를 뿜어내고
얼음 같은 비가 수십 년 넘게 내리고 있어
독한 여자의 심장은 어떻게 생겼는지
가슴을 열어보고 싶은 마음

감사

지지리도 더웠던 지난 여름날에 생긴
표현하기가 힘든 경험이라 몇 자 적어봅니다

아시는 분은 아시듯이 제가 조금 또라이 기질이 있어
한번 빠지면 물불을 안 가리고 미친 듯
잘되든 못되든 끝장을 보는 성격이라
주변 의식 같은 건 잘 하지 않고 독불로 살아가는 스타일입니다

그날도 개발 사업하는 현장에서 일하는 중
갑자기 내린 소나기에 비설거지를 하다 보니 옷이 뻘쭝이 되어
작업복 외출복의 구분이 모호하여 외출복 몇 번 입으면 작업복이 되고 말아
달리 옷 갈아입고 말고 할 것도 없어 그대로 퇴근하다
목이 컬컬하여 집 근처 슈퍼에서 막걸리 한 병 집어 카운터 계산하고 있는데
내 뒤 어떤 아주머니가 초등학생 아들에게 나지막이 말하는 게 들렸습니다

봐라 어릴 때 공부 안 하고 놀면 저 아저씨처럼 된다
번번한 직업 없어 노가다나 하고 맨날 술 먹고 그리 산다

갑자기 뒤통수가 간지러워졌습니다

많이 당황스러웠지만 뒤를 돌아볼 수가 없었습니다

아들에게 훈계한 엄마의 체면이 있기에, 슈퍼 마당에 세워놓은 벤츠
s500
　뒤따라오며 그들이 내가 차 타는 것 볼까 싶어
　바로 타지 못하고 머뭇머뭇거리다
　그들이 떠난 후 차 타고 집에 왔습니다

　집에 와 막걸리 먹으면서 가만히 생각해 봤습니다
　그런 이야기 들었을 때 뒤돌아보며 화내면서 왜 반박을 안 했을까?
　아니면 보란 듯이 벤츠 s500 타는 것을 보여줬으면
　그 여자는 어떤 표정이었을까?

　하지만 나의 처신이 옳았던 것 같습니다

　보편적 입장에서 어느 누가 봐도 그렇게 생각할 정도의 몸가짐을 했
으면
　당연히 그런 소리를 들을 수도 있다고 생각되었습니다
　물론 나만 아니면 되지만 실속 있게 사는 삶이면 되지만
　표현하기 힘든 그 무언가가 쓸쓸하게 만들었습니다

　어쩌면 그 여자분 혜안이 있어 조신하게 더 열심히 살라는

채찍인 것 같기도 하다는 억지 논리를 만들어 봅니다
솔직히 어릴 때 공부 많이 하지도 않았습니다
그리고 벤츠 타고 다닌다 해서 성공한 건 아니잖습니까?

표현 못 할 이상한 마음이었지만
어쨌든 이런 글 쓰게 만든 그분에게 감사를 드립니다

누렁이

우야겠노
산 사람부터 살려야 안 되겠나
아버지 병 낫고 형편 돌아오면
또 사주꾸마

업어 키운 막내가 장질부사 걸려 초등학교 문턱도 못 가보고 죽자
상심해 있는 나에게 아버지가
코뚜레도 안 한 어린 송아지를 좌천 우시장에서 사와
막내처럼 키워라. 키우다 보면 정이 들고 정들다 보면
옛정은 잊어진다는 말에 내 살같이 살갑게
성심성의껏 키우니 정말로 아버지 말씀처럼 되어
학교 갔다 오면 가방 던져놓고 온종일 누렁이와 동거한 지 5년

그동안 두 번 새끼 낳아 한 살림 두둑이 거들었는데
갑자기 아버지가 간경화 진단을 받아
용하다는 병원이란 모두 다니며 전답을 곶감 빼 먹듯 하나하나 팔
더니
마지막 남은 누렁이를 병원비에 보태야 하는 현실에
아버지 걱정보단 막내를 또 보내야 하는 아픔에
서러운 눈물 훔쳐도 훔쳐도 마르지 않고

도저히 시선을 마주칠 수도 없고 너무너무 미안하여

타작 안 한 생콩 한 다발 슬며시 여물에 얹어주나
내일이면 팔려 가는 것을 아는 듯, 이별을 아는 듯
먹지는 않고 음매 음매 흘리는 눈물

왕방울만 한 눈에서 괜찮다고. 잘 있으라는 체념의 인사에
휘황찬란한 보름달에 별들은 숨어버려
차가워진 바람만 안녕을 고한다

마당 옆 축사 지나칠 용기 없어, 뒷담 넘어 학교 등교하는 길
숨 가쁜 햇살에 나락은 영글고 길섶에 피어난 구절초에게
구구절절 말하기엔 내 마음 애달파, 너무 애달파

장질부사 내 막내 양지바른 애기 무덤가
나뭇잎 입에 물고 팔베개하니
행님아 행님아 부르는 하늘 먼 곳, 저 구름과
음매 음매 구름 따라 끌려가는 먼 메아리

시리도록 맑은 하늘, 정(情)만 주면 떠나는 지랄 같은 저 구름에
장질부사 막둥이가 울며 가는 달랑달랑 소 방울 소리

동지(노무현을 생각하며)

술 많이 먹고 대리 불러 집에 오면서
갑자기 생각났습니다

잊은 줄 알았는데
지워버린 줄 알았는데
아직도 내 가슴에 남아
지켜줄 수 없었던 모든 것이 큰 죄로 남아 많이 힘듭니다

털털털 막걸리 드시며 하신 말씀이 생각납니다
진보가 미래라 하셨지요
모난 돌이 정맞고
앞서 나가면 피해 보지만
그래도 진보가 있었기에 발전하였고
물이 바위를 비켜서 흐른 듯하나
결국 바위를 들춰내어 원하는 물길을 만드는 게
정도전이 추구한 개혁이라 하셨지요

다는 알아듣지 못하고
어찌 동지의 말을 다 헤아릴 수 있겠냐 만은
농담같이 하신 말씀
동무, 동지, 동녘, 동창, 동동구리무
동이 들어가면 무조건 좋은 뜻이라 해서

감히 동지라고 부르는 이 밤
취기 아니면 발가락 때만큼도 비교 못 할 내가
동지와 비슷한 게 몇 개 있어

팔월 초엿새 생일이 같고, 허허실실
잘 데워지지 않으나 뜨거워지면 물불 가리지 않는 열정
여자한테 인기 없는 얼굴 등등
엮으려 하니 죄스럽습니다만. 이때 아니면 언제…

술 취한 이 밤
여전히 파도는 치고 바람은 살랑이고
차들은 바삐 가는데
내가 사랑했던 동지, 울 엄마 정원순 여사, 윤동주, 솔제니친
좋아하면 다 떠나버리는 그대들에게 안녕을 고합니다

이 밤
심히 외롭습니다

5월 봉화

5월 어느 날
갑작스런 소낙비에
멀쩡한 길이 사라졌다

툭 튀어난 모난 돌은 정맞아
길바닥에 나뒹굴고
길섶 찔레는 꽃 피우기를 포기한 채

진보에게
사람 사는 세상은
너무 빨리 왔다 너무 빨리 가버렸다고
아직도 남아있는 눈물 꺼내 보이며
흐르는 세월 잡으며 통곡을 하나
봉화의 5월은 푸름만 더하고
떠난 자는 말이 없다

무엇이 옳고
무엇이 그름인가?

가치 기준
삶의 척도 없이
머얼건 죽 먹으며 버텨온 10여 년

근기라곤 찾을 수 없는 빈약한 허기는
인동초가 써내려간 진보의 역사
바보를 사랑한 원죄

흐르는 하늘
수많은 별이 떨어지고
떨어진 별이 만든 또 다른 새벽이
나름 지혜가 있다 하나
과연
코 고는 인간을 다시 깨울 수 있을까?
길이 사라졌는데…

날다

한 사내가 날았다
부끄러워 날았다
쪽팔려서 날았다

별거 아닌 일
남들은 다 해 먹는 일
못 해 먹으면 바보 되는 직업에
한 모금 베어 먹고
더럽게 체하여 날개를 달았다

잘 가시오 노회찬

낮은 자들을 위해
노동의 슬픔을 위해
스스로 용접공이 되어
빈(貧)과 부(富)를 지져
평균점을 만들고자 했던 그 노력
잊지 않겠소만

이 어둠 속
촌철살인의 햇불이 사라져 버려
또 다른 선지자가 오기까지

닭이 새벽을 깨울는지
누가 그 역할을 대신할지
보내기가 아쉬운 그대의 끈

가오리 연 되어
휘청휘청 떠나는 그대
꼬리로만 날아가는 그대여
가끔 그리워하겠습니다
영웅 노회찬

제2부

겨울 불은 한 대가리

겨울 노가다는 손가락 발가락 허락 없이는 일 못 한다
그분들이 얼어버리면 어떤 것도 못 할뿐더러
시리고 아파

깡통 난로에 가끔 손, 발 녹여야만, 겨우 못질이라도 할 수 있어
모닥불은 기공 한 대가리(한 명)보다 가치가 있다
마른 장작, 투바이 동가리로 연기 줄여가며 만든 알불
호일 감아 구운 군고구마는 냄새만으로도 새참이 되고
깡통 위 걸터앉아 통곡하는 주전자는
마시지 않아도 벌써 가슴이 데워져 있다

모든 게 얼어버린 날
하루도 쉴 수 없는 일용공이 의지하는 알불이
기공 한 대가리보다 귀하다

사회적 약자

이름을 불리워지지 않았다

김 씨 박 씨 최 씨
김씨 아줌마 박씨 아줌마 최씨 아줌마

1161번 새벽 4시 첫 버스
두 정거장만 가면 만원이 되어
통로에 신문지 깔고 앉아 꾸벅꾸벅 졸다가 내린
중앙동대로 옆 큰 빌딩이 그들의 직장

화이트칼라 그 임들이 오시기 전 쓸고 닦고 치우고 난 후
지하 구석진 휴게실에서 식어버린 아침밥 일회용 부탄가스에 데워
김치 반찬에 생목 겨우 면해가며 한 그릇 뚝딱 하고
믹스커피 숭늉처럼 들이킨 후
용역반장이 배정하는 오늘의 작업 구역
세척용 화공 약품에 망가지는 몸이지만
포도청인 목줄은 살아야 한다고, 견뎌내야 한다고 다짐에 다짐

길이 아닌 곳은 가지도 않았고
빨강 신호등에 길 건너지도 않았는데
어찌어찌 하다 미끄러진 세상에서 잃어버린 이름
나는야 사회적 약자 한마디로 밑바닥 인생

같은 땅 위에 살아도
같은 공간에 숨 쉬고 살아도
그대들에게 숙이고 살아가는 최하층 계급

첫 버스 출근은 밤 9시 뉴스를 못 보게 만들었지만
사노라면 언젠가는 떠오를 나의 태양은
아직도 식지 않은 희망이 있어
꿈 같은 꿈이 있어
새벽 첫차 만원 버스에 흐르는 적막은 꼭 절망만이 아님을

김 씨 박 씨 최 씨
김씨 아줌마 박씨 아줌마 최씨 아줌마가
살아가며 견뎌내는 이름을 얻지 못한 잡초 이야기
흔하디흔해 널브러진 우리 이야기

청보리 사연

벚꽃이 지던 날 비가 내렸습니다
동네 이장이 먹여주고 재워주고 기술 배우면서 야간 학교에 다닐 수 있으니
동의서에 지장 찍으라 했습니다

일자무식 울 엄마
딸내미 중학교 못 보낸 죄로 학교 보내준다는 말에
앞뒤 가리지 않고 우무인에 인주 잔뜩 발라 꾹 찍고

하얀 비 맞으며 나이키 통근 버스가 수거해 가듯
어린 처자들 싣고 부산으로 서울로 떠났습니다
13살 누이는 속옷 보따리 가슴에 꼭 안고
그리 떠나갔습니다

야간. 조출. 철야
미싱 시다 하면서 벌인 돈
5만 원 10만 원 봉급을
거슴 살 돈 빼고 몽땅 고향으로 보내
오빠 고등 졸업하고 여동생 중학 입학했습니다

누이 때문에 버텨온 80년대 대한민국
전라도 경상도 벚꽃이 지던 사연. 비처럼 내렸던 수많은 사연

청보리는 알고 있겠지요

여린 손으로 꼬박꼬박 졸며 견뎌왔던 공순이
그 사연을 말입니다

김치볶음밥 먹은 날

초등 5학년 예쁜 딸이 핸드폰 이어폰이 한쪽밖에 나오질 않아 바꿔
달란다
이어폰 사러 간 김에 중국집 가서 짜장면도 사 먹고
다이소에 들러 수면 잠옷 한 벌 사 줄 요량으로 모처럼 부녀간의 데
이트 위해
꼬깃꼬깃 숨겨둔 5만 원 두 장 가지고 삼성전자서비스 가니

헉
헤액
전화선보다 가는 이어폰이
귓구녕에 끼우는 조그만 것이
5만 원 10만 원 비싼 것은 100여만 원
1~2만 원 하리라는 생각과는 다른 상식과는 먼 또 다른 세상

이왕 온 거 5만 원짜리 사주고 싶었으나
예쁜 딸은 10만 원짜리에 관심을 보인다
대략 난감 포켓 속 오만원권 두 장
쪼물쪼물 만지다 에라 모르겠다
과감히 구입하고 집에 오니 허기가 물밀듯 몰려와
식은 밥에 김치 썰어 고추장 참기름 섞어 프라이팬에 볶은 후
화룡점정 계란후라이 살짝 얹은 아빠표 김치볶음밥

기분 좋은 예쁜 딸은 김치볶음밥 먹으며
새로 산 이어폰 꼽고 음악 감상 삼매경이고
국물 없는 김치볶음밥에 목이 메어
먹다 남은 소주 반병 살짝 목 축이니
은근한 취기에 기분이 좋다

10만 원은 새벽에 일 나가
사모래 비벼 2층 3층 등짐 지고 수십 번 왔다 갔다 하면
노래지는 하늘이 주는 돈인데
전화 줄보다 가는 이어폰이 일당과 비슷한 걸 직시하지 못하는
세상 물정 모르는 노동자가 된 스스로가 비참하고
짜장면 못 사 먹고 집에 와서 김치볶음밥 해 먹은 게 초라한 듯하나
아무 내색 없이 기뻐해 준 딸이 있어 행복해
소소한 햇살이 가슴을 데운다

나 비록 가난하고 볼품없지만
가정이라는 커다란 삶의 동력은
힘들어도 살아가는 존재의 이유

껴안을 수 있는 내 사랑이
작은 이어폰에서 뿜어져 나오는 위대한 스테레오 울림의 환희가
되어

하루 벌어 하루 먹고 사는 일용공이 기쁜 하루에
힘든 내일이 두렵지 않은 오늘

식은 밥으로 만든 김치볶음밥
너무 맛나다

마이 컸네

어이 권 씨
시다지 하구로 사모래 개어오소

어이 권 씨?
이노무 시키 마이 컸네

5년 전 기장 새 희망 용역에서 만나
순하게 보여, 현장 데리고 다니면서
떠바리, 본드바리, 재단, 컷팅 등
타일 붙이는 기술 30년 노하우를 6개월 동안 가르쳤더니
온다 간다 소리 없이 용역에 출근하지 않아, 일용공 특성상 그러려
니 하고 잊어버렸는데
어느 날 갑자기 특 A 기술자가 되어 나타나, 현장 오야지가 되어 인
부들을 통솔한다

환갑 넘은 내가 어찌 한창인 30대의 손놀림을 따라가겠냐 만은
그래도 연식이 있는데, 노가다 밥 공수가 있는데
어려도 한참 어린 새끼가, 그것도 나에게 기술 배운 놈에게
하대받는 게 자존심이 상하여 냉가 망치 던져버리고 나오려 하다
포도청인 목구멍 때문에 성질을 죽이나, 그래도 노가다 법도상 이건
아니라서
분노에 부들부들 떠는 몸을 자제하며 시멘트 한 포 쭉 찢어 모래에

섞어 질통을 진다

더럽게 인생이 꼬여 평생 노가다하지만, 자존심은 죽이지 않고 살아
왔는데
나의 삶은 왜 이리 힘든지, 부딪치는 인생의 장애물이 너무나 많아
참 많이도 상처 입어
막내딸 대학 졸업과 동시에 노가다 졸업하려고 계획을 잡고 있는데

자꾸 근력도 떨어지고. 타일 붙이는 속도도 차오르는 젊은 놈에게
뒤처져
옛날에 비해 마음대로 되지 않음을 실감도 하고
오늘처럼 자존심까지 상한 날이면 사는 게 더욱 힘들어진다

질통 지고 헐레벌떡 올라간 3층 상가 화장실에 사모래 붓고 나니
후들후들 떨리는 다리에 턱밑까지 숨이 차
담배 하나 피우며 잠시 숨 돌리는데

어이 영감
시다지에 시멘트가 너무 적다. 두어 포 빨리 가져오소

헉 영감?
이 새끼 죽이뿌까?

좆만 한 새끼

진짜 많이 컸네

추운 날

네이버 일기예보 최고 온도 34도
그래도 포도청인 목구멍 땜에
가시 같은 새벽 밥 허겁지겁 몇 술 넣고
인력시장 출근한다

시원한 일거리 없나 수영장 청소 같은 거
옆자리 김 씨와 설익은 농을 하며
빨간색 진한 믹스커피 가슴으로 홀짝이며
팔려 나가길 기다리나
운때가 맞지 않는 하루

용도에 맞게
기공은 기공대로 조공은 조공대로
다 나가버려

혼자 남은 대기실

춥다
더럽게 설렁하다
가슴 가득 담배 연기
눈이 내린다

어깨 시린 폭염 날

지랄

양평 해장국

좋은 세상이 와
공무원 퇴근 시간보다 더 빠른 4시에 시마이(끝내기)하여
중간보다 조금 더
서쪽에 있는 햇살을 두고 집에 가기에는 왠지 그렇고
배도 출출하여

15만 원 일당에 출력비 2만 원 공제한 13만 원
보겟또에서 탈출하려 안달이 난 놈들 때문에
같은 일행 강씨에게 넌지시
구서역 1번 출구 앞에 잘하는 해장국 집 있는데
소주 각 한 병씩만 하고 집에 갑시다

난감해하는 김 씨 억지로 끌고 들어와
각 한 병이
각 세 병이 될 때까지
만 갈래 찢어지는 현실 아닌 현실의
기막힌 우리의 이야기가 나와

어쩌다가 무너진 가장이
바람 부는 언덕에 꺾어진 갈대가 되어
인력사무소에 출근해야 되는 사연에서
절반도 못 먹은 양평 해장국은 식어버렸고

차츰 말수가 줄어간다

힘냅시다
살다 보면 좋은 날 오겠지요
죽지 않고 견디고 견디다 보면 해 뜰 날 올 겁니다

강씨 손 슬며시 부여잡고 5만 원권 한 장 쥐어주며
딸내미 아프다매 맛있는 거 사주소
그리고 해장국 이건 내가 삽니다
다음에 한 잔 받으소

졸라 곰방하여 13만 원 벌어 3만 원 남았지만
나 역시 코가 석자이지만
어딘가 숨어있을 희망을 찾아
캔 맥주 한 캔에 맛동산 한 봉지 들고
골방으로 찾아 들어가
바퀴벌레에게 큰소리친다

이제 퇴근해라
내가 왔다

벚꽃

갈 데가 없다

마누라도 출근하고
새끼는 집에 안 들어온 지 며칠째

나이키 연장 가방은 먼지만 쌓여가고
손목 앨보는 자꾸만 통증이 심하여
많이 사용하여 닳았다는 의사의 말은
40년 노가다 이젠 은퇴하라는 말이나

평생 내 집 장만하는 게 소원인 어느 여인의 기도가
시퍼런 칼날이 된 작두 위 내가 서있다

시프도 하고 스테로이드 주사도 맞고 할 건 다 해봤으나
차도 없는 손목으로는 사모래를 갤 수도 없고
미장 칼질은 더더욱 못하여
하루 벌어 하루 사는 일용공의 목구멍은 거미줄만 가득

설거지 대강 해놓고
분리수거 들고 대문 밖 나서니 벚꽃이 지고 있다
빗물처럼 떨어지며 바람에 날리는 분홍빛 향연

갈 때는 저렇게 가야 되는데
화려하게 사라져야 되는데
마감이 되지 않는 비참한 가장
긴 담배 연기

벚나무 아래에서 갈 곳을 찾고
인생의 정답을 찾으나
없다
아--- 없다

벚꽃은 지고 나는 서있다
마감하지도 못한 채

갑바(가오)

오늘은 단독 출력이다
진입로 공구리 3대 치고 시마이한다 해서
펌프카가 온다 하니 오전이면 끝나겠다 싶어 자원했다

짜장면과 레미콘은 도착을 해야 왔는 것
복장 터질 때쯤, 한 대씩 한 대씩 도착하여 겨우 쳤으나
마지막 한 대에서 사달이 나버렸다

투바이 지탱하던 철근이 부실하여, 공구리 무게에 거푸집이 터져버려
내리막길 다른 쪽으로 흘러, 죽을 둥 살 둥 수습을 하니
점심도 못 먹고 옷이고 얼굴이고 뻘줏이 되어 대강 씻고
일당 15만 원과 고생했다고 받은 팁 3만 원
뒷주머니에 쑤셔 넣고 목욕탕으로 직행

모처럼 몸을 불리니 묵은 때가 펄펄 날려 2만 5,000원짜리 나가시 한판 하니
때밀이가 은근히 유혹한다
사장님 어깨가 많이 뭉쳤는데 3만 원 추가하시면 확실히 풀어드리겠습니다

가스비도 내어야 되고

딸내미 겨울 잠바 소매가 해졌던데
괜찮아요라고 거절해야 하나
입에서는 해보소라는 소리가 나와버렸다

새벽밥 먹고 나온 어깨가 어찌 온전할 수 있으랴
노가다에 길들여진 몸뚱어리
안 아픈 데가 어디 있으랴
여태, 나를 위해 쓴 돈 몇 번 있었나
팁도 3만 원 받았고
작업복 벗어 던진 벌거벗은 몸뚱어리에 귀천이 어디 있으랴
그리고 가오가 있지 어찌 거절을 하노

시원하게 나가시와 안마받고 난 후
5만 5천원 주기가 뭐해 6만원 주니
때밀이 허리가 90도 숙여진다

그래, 걱정은 걱정으로 끝내고
내일 일은 내일 해결하자

조오또
굶어 죽는 한이 있더라도
머시마는 갑바로 사는 거다

별을 보려면

어둠이 꼭 필요하나요?

소주 너댓 병 가슴에 넣고 난 뒤
빈 공간 맥주 서너 병 채운 후 전봇대 껴안고 통곡을 하니
길바닥 아스팔트 갑자기 튀어나와 얼굴을 때리더이다
어둠이 없어도 별이 보이더이다

일용공, 하루 10만 원 벌기 위해 새벽 5시 인력 사무실 나가
35도 땡볕에 곰방질 하다 어깨가 다 까져
세상 서럽에 별을 보고 싶었으나
어둠이 필요하다 해

넘어가는 여름 뙤약 부여잡고 조각 그늘 벤치에 앉아
빈속에 맞이한
소주가
맥주가
어둠을 만들어

한때의 꿈이 썩어버렸지만
비록, 별이 되었지만
그 별이 보고 싶어, 어둠 없이 어둠을 만들었습니다
하고 싶은 게 많았던 나의 꿈이

잡지 못할 먼 곳 별이지만
그래도 가끔 별 보고파, 한때의 꿈을 위하여
칠월 땡볕에서 어둠을 만듭니다

서럼의 별은 너무도 멀리 있습니다

들꽃

차창 밖 바삐 가는 사람들

누구는 팔짱을 끼고, 누구는 웃으며
백합같이 화사한 향내 풍기고
붉은 장미처럼 교태를 부리나

43번 버스 연장 가방 어깨에 멘 일용공은
손톱에 시멘트 가루 낀 것이 부끄러워 포켓에 손을 넣은 채
중심 없이 흔들리고 있다

구석진 응달. 조각 햇살에 비틀어 빠져
퇴색된 채 이름조차 얻지 못한 들꽃
시마이사끼(공사 끝날 쯤)에 먹은 막걸리 한 사발에 서럼의 눈물이
나와
자꾸자꾸 시아가 흐려
반여동행 버스는 덜컹거리고

나오려는 트름 삼키며
힘들고 외로운 일상이 이젠 싫다고, 너무 싫다고

바람에 누워버린 채, 밟히고 또 밟히는 인생
차라리 뽑혀 구석진 곳에 버려져, 서럽게 사라지고 싶은

하루 벌어 하루 사는 하루살이 인생
근본 없는 들꽃은 그렇게 서러웁고 덜컹거리고

쪽방, 이름을 얻지 못한 자들이
들꽃이 되어 사는 황무지로 기어들어 간다

바퀴벌레야 자리 비켜라
내가 왔다

부서지지 말자

어제는 질통을 너무 많이 졌는지
온몸이 아프고 후덜후덜 다리가 떨려 걷기가 불편하나
4시 반 알람에 씩씩하게 일어나 인력사무소 출근하니
벌써 사무실은 인산인해. 실내 금연은 여기서는 안 통해
자욱한 담배 연기 속 먹는 믹스커피는 아침을 깨우는 보약
순번 비표 받아 기다리나 앞 순번이 줄어들지 않는다
오늘도 데마찌인가 보다 생각할 즈음 총무가 부른다
어제 현장에서 강씨 찾네 맘에 드는 사람 두 명 데꼬 가소
이런 지명 별로 반갑지 않은데, 질통 현장은 너무 힘들어

그래도 한겨울 일거리 부족한 날 이게 어데고
총무 방 나오니 시선이 나에게 꽂혀있는 나의 전우들
살짝 캄 하니 따라 나온다
큰 김 작은 김아 오늘은 질통이다

아- 행님
질통이면 안 따라왔을 낀데
투털대는 작은 김 어깨 감싸 안으며 현장 간다

이놈아
지금 우리가 찬밥 더운밥 가리게 생겼나
바람 한 조각이 칼날이 되고 번개가 뒤통수를 쳐

주체 못 할 현실 속 낭떠러지에 구르고 구르다
지푸라기 잡은 곳 인력 사무실

새벽달과 함께 팔려 나간 현장에서 질통 지고 곰방을 하여
부서질 것 같은 어깨와 허리
더 자존심 상하는 건 나이 어린 십장의 호통 소리
때리치우고 박살 내고 싶은 생각 하루 열두 번

그러나 무너지지 말자
부서지지 말자

나에게는 가족이라는 희망이 있다
미치도록 좋은 식구가 있다
아버지이고 남편인 나는 우리 집에서는 최고

무너질 수 없는 버팀목
부서질 수 없는 확실한 이유

막내 김아
사모래 대강 담아라
붕알이 떨려 중심을 못 잡겠다

동지(冬至)

아침 조금이라도 드시고 가이소
믹스커피 한 잔이 아침 대용인 걸 아는 마눌님이
새벽밥 챙길 때에는 필히 이유 있는 날

생일도 아닌데 웬일일까?
의문 부호 가지고 식탁에 앉으니
아- 오늘이 동짓날
붉은 팥죽에 시원한 백김치가 차려져 있다

힘든데 뭐 하려고 차렸노?
말은 그리 했지만 감동의 쓰나미가 와
팥죽이 목이 멤은 꼭 새알 때문임이 아닌 것

능력 없는 남편 만나 바람 많은 살림살이
불평 없이 묵묵히 견뎌준 보석 같은 나의 여자
잔잔한 그대의 눈빛은 내가 움직이는 동력
비록 막노동에 하루의 영혼을 팔아 먹고살고 있으나
결혼만은 기차게 잘하여 그나마 든든한 삶이 되어 기쁘다

락앤락 넣은 검정 비닐 2개
큰 김 씨 작은 김 씨 드리세요
뭐 하려고 챙겨주노 하면서도 연장 가방에 조심스레 넣는다

돌싱 놈들에게 해준 것 없이 대접만 받았는데
오늘은 행님 역할 하는 것 같아
가벼운 발걸음

200원 남은 하루

잔돈이 없어
버스정류장 옆 새마을 금고에서
만 원을 1,000원짜리 아홉 장 100원 동전 10개 바꾸어
1,300원 내고 태종대행 버스 탄다
졸 듯 말 듯 꾸벅이다 치마 짧은 아가씨
곁눈질로 허벅지 감상하다
차창 너머 수많은 인파 속, 잠깐이라도 스쳤을 인연들과 인사하다가
태종대 공영주차장에 내려
매점에서 대선 소주 두 병, 맛동산 한 봉지를 5,200원 주고 사가지고
전망 좋은 구석진 벤치에 앉아

파도가 포말로 쪼개어져 산산이 부서진 사연에 한 모금
추위도 오지 않았는데 피어날 수밖에 없었던 동백의 슬픈 사연에 한
모금
사지 멀쩡한 가장이 오갈 데가 없는 청춘이 가여워 한 모금

튜닝을 잘못하여 엇박자 노래가 나와
병나발을 불 수밖에 없는 인생이 되어버려
원래 삶은 고단하다고 스스로 자위하며 대선 소주 두 병 비우고
벤치에 누워 낮잠에 취해 자다가, 해 질 녘
남은 맛동산 연장 가방에 쑤셔놓고
반여동행 버스 1,300원 댕그랑

화려한 네온 불빛 아래 바삐 퇴근하는 그네들과 같이 힘차게 퇴근하여
반여2동 보람상회에서 남은 돈 2,200원 중
새우깡 2,000원 주고 한 봉지 사서 집으로 들어간다

아들 아빠 왔다

첫눈

새벽에 일어나니 제법 내렸다
찬바람마저 불어 꽝꽝 언 도로
담배 연기 한가득 가슴에 넣고 인력시장 출근한다

달구어진 화목 난로 위 오차물은 오늘의 인기 상품
오는 사람마다 가슴을 데워
세상이 훈훈하고 불안감이 사라졌다

이런 날씨에는 바깥일은 나가리이고
실내 일밖에 없는데 적은 일거리에 많은 인원
이리저리 눈치 보며 신입들에게 양보하다 보니
의리의 고참들만 남았다

동은 터오고 오찻물은 줄어가고
꺼져가는 난로가 오늘은 포기하라 하니
한두 번도 아닌 익숙한 일에 주섬주섬 퇴근 준비하니
총무가 인력관리 차원에서 차비 5,000원 준다

눈 오는 거리
누구는 낭만에 젖고 누구는 사랑을 하나
누구는 갈 곳이 없다

해장하자는 의리의 동지들 뿌리치고 105번 버스에 오른다
오늘은 눈 구경 버스 투어다
도심 속 함박눈 실컷 구경할 거다

복수

강군 내 모르겠나
40년 만에 여기서 보네
야---
성공했네 반갑다

감히 건축주에게 강군?

잠깐 한때의 인연
힘들고 배고팠던 20대 초반
노포동 대성휀스. 샷시 조공으로 취직하여
저 새끼에게 당한 서럼에 아직도 치가 떨리는데

드라이버로 머리 맞고
망치로 등줄기 맞고
발길질 당하고
모진 모욕 수없이 받아가면서도
그놈의 샷시 기술 배우려다
더러워서 그만둔 아픈 기억

아직도 가끔 꿈에 나타나
그때 그 시절이 트라우마로 남아 나를 괴롭힐 때마다
굵은 소금 뿌리며 마음 달래곤 했는데

내 시행, 시공 현장에
샷시 일용공으로 나타나 아는 척한다

개자식
네가 나에게 한 행동 잊어버렸나?
늘푼수 없이 아직도 노가다하는 주제에
어디서 함부로 아는 척하노?

눈 지그시 깔고
대답하는 것조차 불쾌해
샷시 사장에게 전화를 한다

권 사장
요번 집만 하고 빠져나가라
추가 발주 없다

헐레벌떡 뛰어와서
회장님
제가 무슨 잘못한 거라도 있는지요?

그냥 나가라 하면 나가는 거다
그리고 일꾼 교육 단디 좀 시켜라
너희 회사는 위아래도 없나?

송가인의

희
망

초판 1쇄 발행 2024. 4. 29.

지은이 송가인
펴낸이 김병호
펴낸곳 주식회사 바른북스

편집진행 황금주
디자인 배연수

등록 2019년 4월 3일 제2019-000040호
주소 서울시 성동구 연무장5길 9-16, 301호 (성수동2가, 블루스톤타워)
대표전화 070-7857-9719 | **경영지원** 02-3409-9719 | **팩스** 070-7610-9820

•바른북스는 여러분의 다양한 아이디어와 원고 투고를 설레는 마음으로 기다리고 있습니다.

이메일 barunbooks21@naver.com | **원고투고** barunbooks21@naver.com
홈페이지 www.barunbooks.com | **공식 블로그** blog.naver.com/barunbooks7
공식 포스트 post.naver.com/barunbooks7 | **페이스북** facebook.com/barunbooks7

ⓒ 송가인, 2024
ISBN 979-11-93879-78-8 03810